臥斧——著

舌行家族

壹

壹・零

我們站在雨裡，活像一群晚上出門倒垃圾後，因為忘了帶鑰匙而無法回頭走進家門的衰毛。

不過，我們並不是一群集體忘記帶鑰匙的鄰居，聚在這兒的原因也不是為了倒垃圾。大家不但全都身著正式服裝，還會在舉手投足之間，溢出一波又一波自以為是的莊重感覺——畢竟，在場女士們的素淨套裝與男士們剪裁合身的衣料，同高檔型錄中的模特兒一模一樣（當然，這「一模一樣」指的是服裝，而不是包裹在服裝裡頭的身材），穿著這種層級的行頭，就算腦子裡裝的是糖分過高的碳酸飲料，周遭的人還是會不由自主地產生又羨又妒的迷亂眼神——表裡之間，一向就有這種甜蜜的依附關係。

可惜的是，因為雨下得很大，所以在莊重的毛皮底下，我們看來都還是有點落水老鼠的猥瑣樣貌。

如此看來，這場雨雖然下得不是時候，但其實還是有些優點的：倘若大家看來一樣的寒酸，那麼我這身不夠稱頭的服裝也就不顯得那麼礙眼；似乎這場夜半的鬼雨打透了表層洩露了裡層，將我們一傢伙整齊地打回原形。

「我已經盡力啦。眞的，」早些時候剛回到家，面對母親的埋怨時，我就已然解釋過了，「這眞的是我盡最大努力所翻找出來的正式服裝了；您再覺得不像樣，我也沒法子再做什麼啦。」

雖然我說得誠懇，但聽了我的解釋，母親還是喃喃地叨念了幾句；不知道此時站在我身旁、一起淋著雨的母親心裡，是會覺得我其實有點兒先見之明？還是會想到那番對我的嘮叨有點兒浪費唇舌？

其實在葬禮開始的時候，天就有點陰。但是一來暗夜裡沒幾個人注意天際的黑雲，二來空氣裡聞不出什麼雨的味道，大夥兒自然不以為意。不過說老實話，下不下雨這回事，完全得看天老爺的心情，我們這群縮著脖子杵在這兒淋雨的凡夫俗子，半點兒方法也沒有——祂說下雨，於是雲就墜成雨點。

祂說父親的時候到了，父親就死了。

雨點子剛打下來的時候，大家全愣了一愣；不過執事的長輩們大概覺得幾點雨水不夠資格中斷儀式，於是便理所當然地繼續自個兒的節奏，大家也就只得捺著性子像剛上哨的菜鳥衛兵似地站著。

不料隨著儀式漸入高潮，雨勢居然也跟著張狂了起來，但典禮已經進行到了無法暫停的步驟，觀禮的家族成員只好維持住呆立的姿勢，私底下挪挪肩膀動動腿，用一種暗暗焦急的眼神互相埋怨，或者偷眼瞧瞧執事的長輩，希望他們的動作能夠加快一點兒。

一般而言，爲首主持典禮的長輩會有三位：一位負責司儀工作，指揮大家什麼時候該要行禮、什麼時候該要站直；一位負責監督典禮的進行當中是否一切遵從古制，看看有沒有哪位親族不知輕重地做出什麼不該出現的舉動。

按理說來，監督典禮的長輩應該是家族當中最爲德高望重的長者，不過事實上整個典禮當中最受矚目的，當屬第三位長輩。這位長輩在典禮的前半段都不會上場，要等到典禮進行了一半才會步上矮台站定身形；第三位長輩一出現，大家就知道典禮的重頭戲即將上場。

現在站在台上的，正是衆所矚目的第三位長老；他正在進行整場典禮最耗力的一件工作：誦經。

○

誦經是家族葬禮中最重要的一個環節。在我們家族葬禮當中吟誦的經文，不存在於任何一個宗教的任何一本經書當中，只經由家族長老們世世代代口耳相傳；經文以一種現今已經沒有任何民族使用的語言構成，配合特定的抑揚頓挫，韻律有時聽來低緩迷離，有時聽來高亢尖利。

雖然誦經這回事衆所矚目，但第三位長老上台時，倒不會有人大聲喝采或者鼓掌叫好——依照古禮的規矩，觀禮衆親族在誦經的過程當中，必須要恭敬地垂手站立、低目不語，以免擾亂長老誦經的節奏，也藉以顯示對死者的敬意。是故一般而言，誦經的時候，反倒是整個典禮流程中觀禮親族最安靜的一個環節。

但今晚有點兒不同。

這場突來的雨讓原來應該垂首低目的衆人都有點兒不大自在：司儀長老絞著雙手把程序單往自個兒的外套內袋裡塞，麥克風的受話頭承接了幾滴雨水，發出奇怪的聲響；督導長老的褲管沾滿溼泥、皮鞋裡頭滿是污水，沒法子再輕手輕腳地梭巡，倒是因爲擔心滑跤，所以動作有點兒手舞足蹈；一圈圈圍著觀禮的親族們雖然不敢明目張膽地交談，卻用眼光相互交換著抱怨，再一起把目光的焦點投注在誦經的長老身上。

現場雖然有點兒人心浮動，誦經長老倒像沒有接收到任何一束來自親族的目光似的，表情變都沒變，仍舊依循著自己的節奏誦讀經文，間或把打在橘皮臉頰上的雨點和噴到口唇外圈的唾沫舔進嘴裡。

除了誦經長老之外，我是現場唯一一個站得挺直、沒有蠢動的人。

雨水漸漸浸滿頭髮，我頭頂那層半長不短刺蝟似的硬直髮絲本來站得同我一樣雄赳赳氣昂昂，現在卻已然成爲一片塌陷的溼麵皮，伏貼地包裹著腦殼，凸顯出我後腦過扁的怪異頭形——這頭顱的形狀顯示我小時候不怎麼得長輩疼愛，大部分時間都被放在小床上頭沒人抱起來逗哄。幾道雨水匯聚，流經披散在額前的髮線漫進我乾涸的眼眶然後溢出眼角，感覺好像我正在愣愣地流淚。

那幾道用雨水僞裝成的淚線延伸到下巴時，我的表情沒變，但心裡突然覺得有趣了起來：父親一向不認爲流淚是一種應該鼓勵的情緒表達方式，現在他去世了，老天反倒幫我淌了幾行淚水，難道是天老爺要我馬上忘記父親的訓示？

我低垂的視線正好面對著父親的棺木。棺木依照慣例朝天大開，棕灰色夾帶著泥濘的雨水，越過棺木四周的土牆，一股一股地往棺材裡頭澆灌。我正怔怔地望著泥水出神，耳朵裡卻發現除了誦經長老的念誦聲音還在持續之外，已經有幾位親族按捺不住地竊竊私語了起來。

「怎的還不出來呀？難道他要等到待會兒水滿了、用游的出來不成？」一位親戚偷偷地咬著另一位的耳蝸講悄悄話。

「我擔心的是，他要是再不出來，咱們這些人說不定全爲了等他而傷風感冒，這才叫划不來呢。」後者憂慮的聲音有點兒含糊，不知是因爲耳輪被呵得發癢，所以語音發顫？還是覺得前者描述的情境想來有點兒可笑，卻又覺得在這場合嗤笑出聲未免失禮，以至於嘴唇有點變形的關係？

這些情緒經過低低的耳語明白地散了出來，逐漸蒸釀著一種浮躁的氣味，只要抽抽鼻子就能聞得一清二楚。於是我也開始不耐煩了起來——耐性不夠、易受影響，正是父親從小就叨念我的十數條短處之一。

我當然知道，除了這雨下得令人心煩之外，依據古禮流程，現在典禮進行的狀況沒什麼不對，誦經長輩並沒有加快節奏，也沒有特意拖延；不過這場夜雨淅淅瀝瀝忽大忽小地下著，已然淋化了大家的耐心，像攤泡著天老爺口水的噁心糖液。隨著眾家親戚的耐性漸漸流走，我身為父親獨子的責任感，也就隨著被心虛地浸蝕，彷彿大夥兒的不耐，其實是我造成的一樣。

雨水包覆了我的頭，沿著扁扁的後腦進入領圈裡頭，漸次蓋滿了我的肩胛我的背脊我的腰眼我的髖骨，那股涼意愈往低走，我的不耐就愈往上頂。就在我自覺喉頭已經快要擋不住那股子躁動時，我的臀部開始覺得一陣冰涼；低頭一瞧，我發現水流已經完成了自頭底頭根入灣、自小腿腳踵出港的通航程序。或許是執事長輩的經文終於念到了關鍵橋段、或者是親族們的低語終於眾志成城，反正就在我分心的當口，父親突然有了點什麼動靜。

唔？

我抬起頭，四周低低嗡嗚的話音在一瞬間靜了下來。只剩執事長輩同播放語言學習錄音帶一樣正確地誦述著經文，唔唔嗯嗯哼哼唉唉。

躺在棺木裡的父親倏地睜開雙眼。

觀禮的親族沒有作聲，但集體散出了一種安心的氣氛，好像期末考成績單終於發放完畢，無論紅字是多是少，反正眼前都會是快樂的暑假一樣。某位長輩低低地對身旁的親戚道，「他睜眼了。沒什麼意外的話，咱們再忍耐個幾分鐘，就可以不用在這兒淋雨了。」他說話的聲音裡，夾雜著雨點打在他光禿腦門上的沉沉悶響，聽起來十分辛苦；另外這位親戚點點頭，安慰著禿頭長輩，「家族這一輩的子弟裡頭，就屬他最爭氣了；您別擔心，他不會令您失望的。」

的確。父親在家族裡頭極得長輩倚重，不但已經越級處理家族中的各種大小事務，倘若有重要任務交託下來，他也常是指定的執行人物。我不像父親：家族長輩們大多視我為散漫、不堪造就、半自我放逐的頑劣子弟，常當著我的面明白地感嘆我沒能承繼父親的優點。「處世態度和父親南轅北轍」這個事實擺在眼前，我也沒啥能夠辯駁，不過話說回來，我也不確定父親是否完全同爺爺一樣。印象中的爺爺很疼愛我，但要是說起對家族的貢獻，似乎反而很少聽到爺爺的名字。

光頭長輩輕輕地發出一聲滿意的短嘆，因為就在剛剛那些念頭在我腦殼子裡頭轉來轉去的時候，父親已經開始環顧四周、一個接著一個地審視著前來參加自己葬禮的遠近親族，剛睜開沒多久的眼睛在墨黑的夜裡，看來異常地晶亮。

我回過神來，發現父親的動作已經進行到了這個階段，趕忙在心裡頭檢查了一下自己的儀容站姿：肅立的姿勢我自認沒什麼問題，但是我的臉上一片溼，這副德行被父親瞧見了，可能不大像樣。正想掏張面紙揩揩臉，才發現塞在口袋裡的那包面紙已經成了一團溼答答的漿糊；這提醒了我：就算父親注意到了我兩頰皆溼，應該也分不清楚那是雨還是淚吧？再說，父親都已經死了，無論我的表現如何，他還管得動嗎？

父親的身子沒有動作，只有一面不怎麼順當地轉著頂在脖子上的腦袋，一面輕輕地對著圍在墓穴四周的觀禮親族頷首微笑或者斂目為禮——我想起每回參加家族葬禮時固定浮起的疑問：無論生前的個性是豪爽還是羞澀，過世之後再次睜眼面對世界，這些死而復醒的親屬們，表情都會一致變得內斂而拘謹，這是因為在闔上雙眼的死亡時期中，他們曾經看過了什麼令自己性情轉變的世界？或只是因為從冥界回歸、再度面對現世，顏面神經就無法再好好地控制臉部的肌肉？

還在胡思亂想呢，父親的視線已經轉了一圈，直直地投射在我的臉上。

打從長記性兒以來，這是我第一回夠膽子與父親四目相對。

在我和父親的目光撞個正著的剎那，我並沒有意識到這個事實，但在下一個瞬間，突然感到一種巨大的不可思議。與父親四目相對這種動作，我居然可以進行得如此自然，分析起來也許是因為我在下意識裡已經不把死去的父親當回事兒；但當我們的視線聚焦於半空中某個不存在的定點上、而我開始疑惑於這個不可思議情況的同時，我發現父親的表情似乎同我一樣，都極短暫地愣了一愣——畢竟，我和父親都不習慣如此面對對方。

過了會兒，父親似乎輕輕地點了點頭。不知道是因爲終於體會到必須習慣自己已經死去、現世地位自然不復存在了的事實，還是基於某種類似電視劇裡那種內包慈愛餡料的嚴父形象、終於認爲自己不肖子嗣已然長大的感觸，父親微微地咧了咧嘴，把鼻子下邊嘴唇上緣的鬍子彎出了一個類似微笑的形狀。

雨下得更大了，幾顆雨點子準確地打進我的眼窩裡；我眨眨眼睛，運動眼圈的肌肉把雨水擠出眼眶，可惜父親的臉已經轉回原來的定位，我來不及確認一向對我不假詞色的父親，方才是否眞的彎出一抹釋然的笑。

一聳肩一蹬腿，父親以一種出乎意料的靈活姿態彈出內棺躍出墓穴，帶著泥漿水花在空中畫出一條又髒又亮的拋物線，然後啪地一聲著落在土牆上頭，泥水四濺。天雨路滑，父親胸腹著地時差點兒又滑回墓洞當中，不過他扭扭腰桿，還是不失顏面地把自個兒穩穩地固定住了。

這回對父親漂亮動作發出回應的，可不只有剛才那位光頭長輩了——細碎但實在的讚歎從整群觀禮親族當中響起，像一陣不成形狀的浪從內圈傳到外圍，想來父親在世時所達成的種種光宗耀祖事蹟，一定也曾經如此在親族當中像漣漪似地擴散流傳。先前參加過其他家族葬禮的親屬們都知道，過世親人會執行的種種動作中，就屬這躍出墓穴的難度最高，在尋常的日子裡，主角有時都得試著彈跳多次，才能從土坑搆上平地，更別提有些去世的長輩盡力跳得灰頭土臉，結果還是不停地滑回墓洞裡。在今晚這種見鬼的氣候和地況裡，父親只跳了一次便完美地達成了任務，實在是場不簡單的表演。

大家夥兒一邊讚歎，一邊讓開了一道面北的路，等待著整個儀式最後的高潮。雙手垂在身子兩側，胸腹朝下趴在地上，父親的下巴支著地面擠出了幾層皺皮，兩眼大張堆高了前額的抬頭紋，鼻翼開闔地喘著氣。誦經長輩一晚上沒停的吟誦聲終於也聽出了倦意，但這感覺才稍稍在語音裡現出點鱗爪，長輩就忽地拔高了音頻，尖聲誦讀起經文的最後一個章節，我極度不合時宜地聯想到：這同高潮來臨之前一定得要鼓起餘勇再衝他個幾下的精神差可比擬。

父親開始胸腹腰腿並用地挪動身子，對準北面那條由親屬們開讓的大道。深吸了口氣，就在長輩最後一個高音如射精般地自喉頭衝出的時候，父親開始了大家期待已久的動作。

如同一隻巨形的蛆，父親伸縮著身體，向北方蠕動行去。

壹・壹

向公司請事假得扣薪水。

這項規定聽起來天經地義，但如果把月薪除以三十得到概略的日薪，不難發現，請一天事假被扣的薪水，比拚了一天老命工作掙來的日薪還多。辦公室裡如果有一個人請事假，其他沒請假乖乖上班的同事工作一定會變多——別的不提，光是少一個人接電話就夠忙的了；不過這些乖乖上班的同事雖然事兒變多了，當日的薪水卻沒有隨之調整。

如果照這個邏輯推衍下去，就會得出「員工愈是請假、公司就愈是節省成本，也就是說，愈多員工請假，公司獲得的利潤也愈多」這種弔詭的結論。唔。數學眞是不可思議的東西。

我一向討厭數學，沒想到現在一邊開車一邊思索，居然會推導出這套縝密的理論。我想了想，記起這條推理路徑的最初，發源自姪子與我的一席短暫對話。

葬禮結束後，我自墓地回到老家，渾身溼透像尾現撈的活魚。同留下來安慰（但事實上應該很想早點兒回家換套乾爽衣物）的親族們應酬了會兒，把已經沐浴更衣但堅持不肯上床的母親留在客廳裡發呆，我連洗個熱水澡躺在軟床上好好闔會兒眼的打算都沒有，就悄悄地溜出門，坐上車插進鑰匙發動引擎。

車燈亮起，一個人影突然浮在車前頭的兩團光亮裡；我瞇起眼看了看，發現那個籠在兩團不怎麼明亮車頭燈光下的傢伙，是我的姪子。

姪子其實只小我幾歲，大學剛畢業，窩在一個研究所裡，正打算寫一篇關於百年前朝奏摺寫作範本之美與後現代小說結構之間關係的論文。家族裡頭與我同輩分的堂親們大多資質平凡（當然，在長輩們的眼中，「資質平凡」還是比我的「不堪造就」好得太多了），所以對我這整個輩分都不抱什麼成就大事的期望，但姪子可就大大不同了，他不但是再往下一輩兒的親屬當中所有人都寄予厚望的新秀，甚至有不少親族認爲，他將來在家族裡的成就，會比我剛過世的父親更加輝煌。

我頑劣他優秀，不過奇怪的是姪子對我這個叔叔挺有好感，老愛纏著我問東問西。我明明記得他剛已經被我送走了，現在怎的還在這兒？難道是忘了什麼東西？

「叔叔，您上哪兒去？」姪子走近駕駛座旁的車窗，開口問我。

「你怎麼又折回來了？」我反問，「忘了什麼東西嗎？」

「本來是想問您明天幾時有空，」姪子回答，「我想過來找您聊聊。」

「明天？不成；」我拍拍方向盤，「我得回去了。」

姪子皺起眉頭，「幹麼這麼著急呢？」

「這位好命的研究生同學，」我沒好氣地回答，「叔叔我得工作養活自個兒，沒那種閒功夫休息。」

「工作？有意思：」姪子揚起眉毛，「這讓我想起一句名言：『工作讓我著迷——別人工作總讓咱看得渾然忘我。』」

這下子換我皺起眉頭，「這是什麼見鬼的名言？我怎麼沒讀過？誰說的？」

姪子聳聳肩，「加菲貓。」

「喂喂！」我無可奈何地搖搖頭，不知說什麼才好——這傢伙眞的會成爲家族裡的明日之星嗎？

「說正經話，」姪子收起嘻皮笑臉，「您難得回來，住幾天再回去吧。」

「不行，我不想請假。」我還是拒絕。

「請假有什麼大不了的？」

「因爲請假扣的薪水太多了嘛。」我不假思索地回答。

在馬不停蹄地返回自個兒上班的客居小城途中，我想起自己那句理所當然的回答，於是這套理論漸漸成形，讓我覺得如此奇妙的數學推理，正是這假根本請不得的最佳鐵證。

回到租賃的小單位套房，我看看鐘、估量一下時間，準備縱容自己瞇個半小時左右，然後整裝上班。

雖然已經開了幾小時的車，但吸飽夜半雨水和墓地鬼氣的外套，依然沉沉垮垮看起來很有剛剛告別人間的姿態。我脫下外套，掛在小小的浴室裡頭，一面無濟於事地回憶著外套送洗的價碼（這件西裝外套買了三年穿過兩回，一回是同事婚宴、一回就是父親的葬禮，平均一年穿不到一次，我爲什麼會覺得自己記得起洗衣店的價錢？），一面把滴著髒水的領帶襯衫長褲汗衫內褲和那雙散著鹹臭的黑色休閒襪，全扔進收集待洗衣物的桶子裡（幾小時的車程後它們還是溼得像溺死鬼一樣，不知道駕駛座下頭現在是不是也有一窪水塘？）。

換上四角褲和破T恤，我抓過一條毛巾擦擦頭髮，四下翻找著附近商號餵給我家信箱的傳單和舊報紙，打算撕個幾張揉成紙團，塞進皮鞋裡頭吸吸溼氣。怪的是我翻找了半天後，掏出的一大堆垃圾宣傳品全都上了蠟，又光又滑，根本不符合我的需求（而且我也想不起自己留著它們要做啥？）。只有幾張來自盜版光碟商的目錄，還算反應出從前的樸素年代——那個大家都用難看三色影印紙印傳單的時代，怎麼好像在瞬間已然遠去？

做完了以上諸多動作，原來我認爲能夠用來小憩的半點鐘，已經鐵面無私地過了二分之一。事不宜遲，我在小套房裡頭那張折疊躺椅上橫下身子——經驗告訴我，回籠覺要是睡在床上，一定會拉伸延長、變成一場昂貴的黑暗，代價需要以損失不得的工資來支付；對我而言，這當然是種可望而不可即、看看就好不要伸手去玩的奢侈消費品。今天這場小憩嚴格說起來不算回籠覺，不過反正意思差不多。

膀子一橫腿一伸，我的兩片眼皮一點兒也不浪費時間地蓋下。

然後，電話響起。

○

一聲，兩聲；我的上下眼皮一向以感情要好著稱，平時上班時間都可能會搭在一塊兒，現在進行中的這種戰鬥覺，一定要睡得分秒必爭，它們當然就更加焦孟不離，起床時間未到它們絕不分手。五聲，六聲；電話還是響著，無妨，反正電話響鈴不花我的電費，它叫它的，我照睡我的。十聲，十一聲；耳朵有點嫌吵，敦促著右臂伸到床頭攫下話筒；不成，撐著點，右臂睿智地回答耳朵，一般人打電話最多響個十來聲就會放棄，忍耐一會兒，別這麼不成器。電話繼續響著。廿二聲，廿三聲；眼皮還在抗拒呢，嘴就已經先醒了過來，舞著舌頭蹦出一個髒字，接著腦子好像接通訊號來了影像的電視機似的，一下子想起一件事：這種執著到底、沒聽到回應絕不掛電話的狠角色，我認識的人裡頭只有一個。

我一挺腰彈出躺椅撲向電話機，撈起話筒前不忘清清喉嚨：「喂？」

「我就知道你在家。」她清亮裡帶著氣聲的嗓音，在線路的另一頭悅耳地響起，「這麼久沒來接電話，我還以爲昨天晚上你參加的是你自己的葬禮咧。」

「唔，妳知道那是我父親擔綱演出的主秀；」我掙扎著拆散上下眼瞼如膠似漆的繾綣：「我可不敢掠美。」

「瞧你：」她說，聲音裡摻進了因嘴唇微揚弧度而彎曲的氣流，所以聽來帶著微微的笑意：「伯父才剛過世，你提起他馬上就變得不三不四了。」

我嗯哼了一聲，沒有答腔，她的聲音逕自繼續：「累了一夜，今天不用來公司啦。」

這怎麼行？上下眼皮啪地一聲一分爲二，我的眼前豁然開朗：「扣薪水划不來，這事假分明是變相減薪，我才不著這道兒。」

「變相減薪？你在說什麼呀？」她的聲音帶著訝異，似乎不相信我會有什麼有力的理論依據。想不到了吧？我得意洋洋地把自己一面開車一面推導得出的結論告訴她，沒想到卻聽到話筒的另一頭傳來噗哧一笑：「大家都請假不去上班，公司就沒有產值；沒有產值，還談什麼利潤？」

唔？我一呆，有理。沒人上班，公司壓根兒不會賺錢，我那套無堅不摧的理論居然有這麼大的漏洞？數學果然不是尋常人等能夠參透的玩意兒。

「再說，呆子，」聽我沒有回應，她得理不饒人地繼續說道：「你幹麼要請事假？你可以請喪假呀。家裡長輩過世了，你不但可以請喪假，還能向公司申請喪葬補助金、向老闆要個白包呢；今天不用上班啦！昨天我已經替你填好假卡、送進人事部啦。」

「我當然知道啥叫喪假，」我回嘴：「但咱家辦喪事不發白帖不登報不發訃文不張揚，妳要我拿什麼證明去向公司請喪假、向老闆要白包？」

「嘿，一天薪水有什麼好希罕的？」她頂回我的反駁：「大不了這錢我出，我告訴你，你今天這假是請定了，就算你到公司來，我也當你沒出席！」

「到底是我家死了人我淋著雨一夜沒睡又長途開車還是你家那個，喂、喂？」還沒等我講完，她那頭已經收線掛了電話。

我拿著電話聽筒發了會兒愣，回過神來才發現自己死盯著收聽面上頭的圓洞猛瞧，不知道裡頭有什麼玄機吸引住我的視線。轉頭看看鐘面，她現在大約已然穿戴整齊準備出門，不然就是端坐在方向盤後頭，正要從地下車庫沉悶墨濃的陰暗，駛向繁榮市區烏煙瘴氣的光明。剛才從那幾個小圓孔裡抓住我注意力的不是她；那是什麼？她掛上電話我把聽筒拿開耳朵到回神過來發現自己瞪著圓孔，這中間塞進了什麼我本來想到現在卻想不起來的問題？

我又仔細地看了看電話聽筒，還是瞧不出什麼不對，只有斷線的尖銳訊號用短箭似的空氣急促地射擊我的眼睛。算了，我把話筒放回電話機上，舉手投降。

每回她這麼同我講話，我都覺得好像下班後仍然繼續在上班——因為在辦公室裡，她是我的上司，對所有同事講話都是這種調調。不過話說回來，女友在這些時候所展現出來的強勢當中，其實都帶著某種細心，剛好可以把我許多時候的舉棋不定來個當機立斷。

翻翻回憶，的確會發現，我們認識這麼多年來，她這種作風在很多時候幫了大忙：找工作時她幫我做了決定，當年同父母二老關係鬧僵的時候她替我居中調解，學生時代選課時她事先打聽過開課教授的學分好不好拿，就算那時我們根本不在同一個學校也一樣——

咦？仔細這麼一想，我不禁懷疑：難道自己會同她在一起，完全是下意識想要找個人幫我拿準主意的關係？

○

先別管這個從回憶裡歷史事件歸結出來的論點是否正確，就算我是個得要她待在身邊才能成事的傢伙，也不代表我完全沒有半點兒自己的本領——再怎麼說，現在這個雜誌專欄主編的職位，可千眞萬確是靠我自己掙來的。

如此自信的理由很簡單——文字工作，是我們家族的強項。我要是連這款專長都沒有，那麼我的血緣來由，一定同我自己知道的版本有很大的出入。

我從來不曾懷疑過自己的血脈；最好的證明，就是滿江紅的成績單上，國文分數永遠一枝獨秀。

還記得小學第一次月考結束後，同班同學一個個被叫到講台前頭領考卷，每個科目叫到我的名字時，老師的臉色都不怎麼好看。領了考卷回到座位，看見上頭少得可憐的分數，老師臉色不善的原因馬上昭然若揭——因爲答案紙上的叉叉太多、圈圈太少，紅色數字的數值小得可憐，老師願意施捨的愛心當然不怎麼足夠；不過這也就表示，等發到國語考卷時，老師理應會對我和善一點兒：這個科目簡單得不可思議，面對每個問題我都信心十足，每個答案旁一定都能加上一個紅圈。

終於要發國語考卷了。我志得意滿地坐直身子，等著我的名字從老師的嘴裡蹦進空中，準備站起來迎向老師嘉許的眼神。我的名字從講台彼方被一種焦躁的意念燒出來時，我還沒意識到有什麼不對，但一站起來看見老師的眼睛，就發覺現實與想像之間的距離，似乎大得不可估量：老師的眼裡不但找不出什麼讚賞，反倒有種詭異的光芒，像個嗜吃甜食的女人發現自己珍藏的超美味蛋糕居然被螞蟻提早光顧那種實在的忿怒，熊熊地燃得兩圈眼眶火熱地發亮。

「老鼠屎，」沒等我走到台前，老師就已經遙指我的鼻頭，放聲開罵，「你這顆老鼠屎！我的班級裡居然有人會作弊！」

作弊？這可是天大的誤會！我剛想開口辯解，老師已經把考卷當頭甩來，還伴隨著強而有力的唾沫噴發：「其他科目沒有一科及格，國語居然考了滿分？你不用狡辯說沒有作弊，我反正不會相信！」

我呆站了會兒，不知如何是好。

老師喘著氣，無論是吸氣後脹了起來還是吐氣後平順下去，她的身軀看起來依然龐大無比，剛才那麼高分貝的指責，也許已經消耗了她不少體力。老是杵在這裡也不是辦法，我蹲下身子撿起考卷，轉身走回座位。坐下來的時候，還聽見老師一面嘶嘶地深深呼吸、一面恨恨地道，「我雖然不知道你是怎麼作弊的，不過沒關係，下回我一定抓到你；小小年紀就有這種壞心眼，長大了一定是個心機很重的問題分子！」

只是往後每回大考小考，我的成績都大同小異：每科都糟，國語特好。過了一個學期，老師似乎就忘了自己曾經指責我作弊這檔子事兒，而直接把我定義成只有一科成績過得去的怪異壞學生，連要指派我去參加作文比賽前，都得對「派這種學生去比賽是否有損班譽？」之類的問題傷神許久。我不明白為什麼老師認為成績欠佳與品行不端當中有某種同消共長的關聯，只知道自己莫名其妙成了師長眼裡的黑五類。

小學一年級的下學期開始沒多久，我因為弄出了點兒麻煩，被父親從這個學校轉到另一個學校。離開了視我為老鼠屎的高胖老師，並且在往後的歲月裡，謹記住胖老師教我的兩件事：一、如果有一個科目特別好，那麼其他科目的成績至少不要太過難看，否則容易引起誤解，倘若沒法子把其他科目的成績變得像樣一點兒，那麼乾脆故意把特別好的科目也考砸；二、面對教育者的價值觀與專業素養，頂好是抱持著懷疑的心態，或者至少不要全然相信。

從宗族的老祖先開始，我的家族世代都與文字為伍；使用文字已經成了咱們胎裡帶的遺傳能力，只是我年幼時並沒有意識到這一點。也許是因為這個令人錯愕不快的回憶，以至於日後我一直對於每個世代族先輩靠著使用文字來進行的事業，有種無法認同的焦躁；但雖然自己在離開學校時，執意不回老家參與家族事業，卻在異地成了同樣依靠文字吃飯的雜誌編輯。

「我們是舌頭呀，」我彷彿能夠聽見父親在說話，「當條有用的舌頭，就是你這輩子該做的事；這是命，躲不掉的。」

是的，父親；我在心裡回答：我也許躲不掉靠著天生本領過活的宿命，但好歹我堅持著沒有參與家族事業。再說，現下我在八卦雜誌社上班，舌頭與八卦、唾沫飛濺與流言蜚語，這種完美的組合，您不覺得簡直無懈可擊嗎？

壹·貳

當然，除了靠使用文字混得溫飽之外，還有一件我不確定能否抗拒的家族宿命，那就是死後蠕行。

先祖們留下了規定：舉行家族葬禮時，家族成員必須全數到齊；時至今日，其實這族規已經沒能那麼嚴格遵守，不過絕大部分的親屬，都還是會盡量趕回故鄉觀禮，畢竟平時家族的成員各忙各的，大約只在有親族過世的時候才能齊聚一堂。

因此有許多次，我都在同這回一樣的深夜裡頭出席家族聚會。其他宗族或者家庭聚會時，可能是約在一起吃吃飯唱唱歌，我們家族則是摸黑圍在一個洞旁邊，等著看屍體跳出來。

把家族葬禮中的重頭戲「葬後蠕行」形容得像七流的殭屍電影情節，似乎有點兒太不尊重這個傳統——再怎麼說，「葬後蠕行」都是家族中的榮耀象徵，需要把全部的親族找來齊聚觀禮，正表示了列祖列宗們對這件事的重視程度。

這麼說起來，咱家的送行儀式似乎有那種達官顯貴風光大葬的味道，但事實上這個典禮舉行的時候祕密至極，絕不對外公開：不印喪帖、不發訃聞，不是家族裡的人，絕對不能來參加。

我常會好奇地想要探問：「葬後蠕行」這回事當中，到底隱了什麼科學的根據？這可不是人人都能目睹的奇蹟，但我們的家族成員卻似乎個個復活得理所當然。不過無論我詢問哪位族裡的長輩，得到的回覆都是標準的家族官方說法，而且常會得到額外附贈的一個「你這不肖子弟居然膽敢心存懷疑」責怪眼神。

根據所謂的「官方說法」，葬後蠕行這回事的因由，得上溯到本族的起頭祖宗身上。

這位老祖宗不是別人，正是歷史課本裡提到過、每個小朋友都認識的造字始祖倉頡。有許多學者質疑，造字應當是個漸進的過程，因此不大可能由一個人獨力完成；依照這種看法推測，倉頡要嘛就是一群人的總稱，要嘛就是一種專司記錄的官兒，或者是一位將當時零散積累的文字雛形整理編輯的人。不過就本族的歷史紀錄來看，倉頡老祖宗不但是個以一己之力完成造字大業的超人，甚至還是神獸轉生的異能者。

雖然歷史課本提過倉頡造字這回事，但可從來沒有說這位祖宗有超能力，不過倉頡是個異能者的說法其實由來已久：傳說他有四顆眼睛，俯仰觀察天象萬物，定下書寫的基礎，從此之後「造化不能藏其祕，故天雨粟；靈怪不能遁其形，故鬼夜哭」。在〈說文解字序〉中也如此記錄：「倉頡之初作書，蓋依類象形，故謂之文；其後形聲相益，即謂之字。」

這些說咱們老祖先造字的過程其實有點兒問題，只是大家從小被這麼教育，從來也不覺得哪裡奇怪。事實上，只要仔細想想，就會發現造字的順序，雖然說是先「依類象形」地畫出符號，然後再「形聲相益」變成文字，但在沒有文字之前，人們想當然耳已經可以用語言溝通了，是故倉頡老爺做的事，並不是勾勒出幾個橫豎筆畫，然後告訴大家這該怎麼念，而是想方設法地揑塑形狀，讓文字能夠代表已然存在的聲音。

文字之所以成形，為的是要承載記錄人們的語意，將稍縱即逝的聲音，以一種固定的樣貌留在現世；是故我們這個以耍弄文字為生的家族，做的其實是把運動喉舌之後的結果，以不同形式流傳出去的工作。

從倉頡開始，我們家族世代就在當權者身旁做事兒；倉頡老爺在那個時代當的是史官，許多家族的先人做的也是同樣的工作。但在後來政治這碼事兒摻和進來的爛污日漸其多，再也不像神話時代如此簡單之後，我們家族也做出了應變的措施。

我們選擇成為當權者的舌頭。

〇

「咱們家族裡頭這種葬後復出蠕行的傳承，可是其來有自，不可以輕率看待。」這句話是母親坐在我床邊對我說的；那時我剛上了半年小學，參加過第二場家族葬禮，親眼目睹過第一回的葬後蠕行。

我參加的第一場家族葬禮，埋的是我的大叔公；不過我沒有什麼關於那場葬禮的印象。原因之一是當時我的年紀還小，沒怎麼長記性兒；原因之二，是因爲在參與這生命中珍貴的第一次時，還沒等到大叔公開始葬後蠕行，我就已經睡著了。

大約從我那回在家族葬禮上打瞌睡開始，父親就認爲我這輩子，不會有什麼了不起的出息。

第二場家族葬禮，負責跳出墓穴向北蠕行的主角是大嬸婆。這回我雖然沒有打瞌睡，但隔天卻在學校惹出了點兒亂子，放學後還被留在教職員辦公室裡頭。被父母親從學校領回來之後，父親罰我不准吃晚飯，把我反鎖在房間裡；翻看了會兒無聊的課本之後，我發現毫無趣味的課文並沒有什麼抵禦飢餓的功能，於是打算早早睡覺了事。

正當我爬上床板蓋上薄被準備闔眼時，突然聽見母親的聲音：「要你好好反省，你竟然已經上床睡覺，要是被你爸爸知道，非揍你一頓不可。」

我嚇了一跳，坐起身來，發現母親不知什麼時候已經端著個盤子，立在我的床邊。「反省？反省什麼？我眞的不明白啊。」我抬眼看著母親；月亮的光華透過老家的防蚊紗窗，被篩得斑斑點點，映得母親的前額和兩頰坑坑洞洞。我今兒個是弄出了點兒狀況，但我完全不覺得自己犯了什麼錯；我知道父親要我寫份反省的報告，但我實在不知道自己要反省什麼。

母親在我床邊坐下，遞過盤子，「先吃點東西。」

我接過這盤明顯是母親瞞著父親替我從晚餐桌上留下的冷菜，一面拿起一根玉米軸子啃食起來，一面唔唔地應聲道，「我今天到底做錯了什麼事？」

母親一邊瞧著我啃乾淨了玉米軸兒後，繼續向碟子裡透著油光的雞腿和蘿蔔糕進攻，一邊道：「聽媽解釋過之後，你就會知道了。」

「解釋什麼？」我抬起頭用手背擦擦嘴，聽母親繼續道，「解釋咱們家族的特殊歷史。你已經參加過兩場家族葬禮了，也見過了葬後蠕行。你要知道，這是咱們家族特殊的儀式；別人家裡頭的葬禮，是不會有先人做出蠕行動作的。」

「真的嗎？」我睜大眼睛，好奇了起來。我沒參加過別人家的葬禮；沒有葬後蠕行，他們的葬禮都在做什麼呢？

「兒子，咱們國家自古以來，有過許多朝許多代，帝相公卿起起落落，歷史上記載得一清二楚。」母親繼續道，「從現在起，你會在學校裡頭讀到這些一脈相承的情節，小學讀個大概，中學重來一次讀得細一點兒、再加上一些其他各國的簡史，大學呢，就隨你愛選不選要讀不讀。你要知道，其實咱們家族事業在歷史裡頭的地位舉足輕重，可是枱面上的歷史記載從沒提及。」

「為什麼？」我偷偷打了個飽嗝，嘔出了一團滿足的氣味，搞得這問句裡的疑問氣氛變得有點詭異。

「因爲啊，」母親接過碟子，對我笑了笑：「咱們家族其實是這些帝侯將相的舌頭。」

「啊？」我看看自個兒的手腳，怎麼瞧都覺得自己的長相同舌頭相去甚遠。爲什麼說咱們家族其實是那些個達官貴人的舌頭呢？難不成他們原來都是啞巴不成？

「他們倒不是啞巴；」母親一面把碟子鋼碗疊成了一座小小的塔，一面露出一個我不常在她臉上瞧見的不屑冷笑：「只是他們不是很明白該怎麼同民衆說話。」

根據母親當晚的解釋，咱們家族世代相承的這宗事業，就是替大大小小位高位低的各級掌權階層撰文寫稿、公開發言——如母親所說的：我們，正是他們的舌頭。國家裡頭歷朝歷代的權力中心，除了表面上有滿坑滿谷的文官武員幫著跑腿辦事兒之外，還有潛藏在裡層的我族長輩在幫著拿捏他們的喉頭、鼓動他們的舌瓣、代替他們發聲說話。

在我年紀漸長、識見漸廣之後，對家族事業的了解也跟著日漸其深。那些個所謂天之驕子龍之後裔，也許擅長於帶兵爭討立威揚名，也許專精於淘空公帑敗壞宮廷，但要如何對他們腳底下的萬民蒼生好好說個三五句話、降個一兩道旨，都得要透過我族先祖手底下的功夫。

倉頡祖宗替自喉舌運動產生的聲音定下形體，身爲他的後裔，擔任起舌頭的工作可說是事半功倍、如魚得水。這功夫由帶著咱們血脈的人做來易如反掌，但外人卻看不出什麼能夠一以貫之的技巧；那些個政令奏章、批示公文，一來得要寫得入情入理文情並重，二來得要寫得模稜兩可左右逢源。上頭瞧著高興，下面的人呢看著也開心；然後待到政策眞的著落到現實層面了，上頭自有上頭的解釋，下面自有下面的承擔。

要是遇著了有點才幹的主上，執行結果就比較接近皆大歡喜；要是碰上了末朝的昏君，那先祖們也會一點兒都不含糊地以家族利益爲重——派出能力強的族人，找個夠衝動夠野心的異議分子，替他寫些激勵人心鼓動革命的玩意兒，一呼百應把現下這在朝庸才給搞下台來，新政府接掌權力，而咱家族則繼續成爲當權派的舌頭。

在中學畢業之後面臨的升學大考試場裡頭，我打了個盹兒，靈光一閃地想通了這個小學時候聽過母親解釋卻沒能完全明白的道理——這個國家的歷史，其實是咱們家族創造的。諫官們盯著權力中心的一舉一動，史官們記著滿朝文武的一言一行，但事實上，眞正主導歷史走向的那些發言決策，卻都是我們的筆寫出來的。歷史課本厚厚幾大冊、各朝演義排排十數本，裡頭完全沒提及我們這支舌頭家族，但我們卻在裡頭蠕行前進，舔溼了每個字每個詞，讓這個國家綿長的史料閃閃發亮。

○

自大嬸婆下葬至今，家族裡陸陸續續又有五位長輩加入蠕動北行的行列。七場葬禮，我出席了其中六場；除了第一場睡著（這場的主角是我完全沒有印象的大叔公）、第二場不明所以（這回是讓我第一次觀賞到葬後蠕行奇蹟的大嬸婆）、第四場因爲自己發高燒未能出席（這次埋的是一向很疼我的爺爺，他老人家走得很突然，而我居然沒能到場送他，十分可惜）之外，每場葬禮到了蠕行的高潮橋段，我都會想起那個晚上：原來以爲舉世皆然、卻突然發現只有自己家族與衆不同的疑惑，以及母親的臉。在月光斑點的妝扮下，母親看起來一點兒都不像我原來認識的母親。冷茱很眞實，母親的那席話卻像夢一樣虛假。

不過，每出席一回家族葬禮，我就重新確認一回母親的說明；我的年紀愈大、愈明白家族裡頭的每個成員眞正的工作，母親的說明就愈像是不可辯駁的眞理。我們活著的時候運動著自己的力量，當條靈活巧辯的舌頭，死了之後，則像舌頭舔舐歷史長卷般地蠕動行走。

是的，我們正是舌行家族。

壹・參

具備暗中操控歷史的力量，這種事情聽起來似乎很了不起，不過我一直覺得自個兒不大適合進行這款工作。

覺得不適任的原因有很多，主要可歸納成以下三個：一、我覺得這差事噁心；二、我怕死；三、感情問題。

我一向自認沒有什麼將「爲群衆發掘眞相」視爲人生目標的記者理想，也沒有任何一丁點兒因爲撒了些謊就會自我煎熬到睡不著覺的極激烈誠實心腸，但每回只要一想到自己居然可以替一大堆人決定什麼是可以／應該知道的、什麼是不可以／不應該知道的，我就覺得這責任眞是重得令人噁心——說眞的，我連「替小朋友決定哪些讀物該列爲限制級」這類工作，都抱持著高度的懷疑心態，而祖傳事業居然說我得替芸芸衆生定下歷史的長相，這種事情實在太過於強我所難。

一個人的記憶決定他在時空洪流中此時此地所處的位置：他曾經做了什麼事，所以他是什麼樣的人，他接下來將要做些什麼；而歷史則是一堆人的共同記憶：這群人的先祖們曾經一同經驗過哪些事，所以他們具有哪些身分、如何看待自己，接下來他們會打算把自己及後代兒孫們帶領到什麼地方去。雖然這個東西屬於這麼多人，但要被操作卻極爲容易，常常只要在存檔的文獻裡頭更動幾個字，隨著時間的推進，人們就會漸漸接受被修改過的歷史、忘懷先前的原始紀錄，甚至不會記得它們曾經存在過。當條舌頭，就得舔過這些原來應當在每個人腦子裡共同記憶的集體資訊，我每回想起來，都覺得舌面上一陣陣慄，接著就是開始作嘔。

我不大確定這種傾向是打小就很明顯？還是隨著年齡漸長、我也跟著長出了點兒聊勝於無的正義感？不過可以確定的是，我的這種想法除了單純覺得自己不適任之外，還得很誠實地加上「貪生怕死」這個條目。

要當條舌頭、翻攪史料，並不是耍耍嘴皮說說就好，許多功夫可得早早開始：對內自然得努力充實自己安排文字方塊的功力，對外則得看當朝的權力中心規劃了哪些可以讓我們安身立命的暗坑。前代先祖們常見的方式是在朝廷或政府裡頭占個名實不符的職缺，不管職銜叫什麼，反正該修該潤的稿件卷宗一定會流到這裡來；與此同時，家族裡頭得有另外一支血脈埋伏在野，只要當權者有什麼不夠穩固的跡象顯露，爲求自保，舌頭祖宗們的臉可是說翻就翻。

倘若世局混亂，比較流行的方式，就是去找個看起來有能力在不遠的將來呼風喚雨的角色，隱在他身旁當個影子幕僚。倘若押對了寶、自個兒爲之發言的這人有天當眞風生水起，那肯定除了衣食飽足之外，還能充滿成就感；當然，如果手氣不好或者看走了眼，到末了才發現自己奮力上拱的只是隻蠢豬，那麼也無妨，影子幕僚抽身容易，而且家族裡一定能再找到位置安頓自己。

當然也有不依循上述兩種方式行事的人：這種人要嘛非常優秀，像父親；要嘛極不入流，像我。

父親不屬於在朝在野任何陣營，不過稍微在那圈子裡攪和過的人都知道，對公衆說話發言想要精采感人挑不出毛病，就得找父親出馬。再怎麼像是智能不足官員搞出來的法案，父親都有法子找出其中悲天憫人的訴求，巧妙地讓社會大衆從各種管道接收；再怎麼正氣凜然的發言，少了父親的修改潤澤，都難保不會被民意代表嗅出破綻抓到痛腳狠咬一口。身爲一條舌頭，父親的能力無論在家族裡或者家族外都受到高度的肯定，不過如此，就得扯到咱們家族當舌頭的天大壞處，也就是我貪生怕死的原因。

愈是熱中於家族事業、愈是對於舌頭工作有所貢獻的家族成員，過世得就愈早；爲了方便於葬後蠕行，這種德高望重的家族長輩的骨骼，會在斷氣的剎那碎裂成常人無法想像的模樣。功績愈高、碎得愈細；碎得愈細，蠕行起來的姿態就愈是賞心悅目。

那麼，倘若不怎麼熱中家族事業、不怎麼想當舌頭，是不是就能活得久一點、或者不要在掛點之後還得辛苦地扭來扭去蠕行？這個答案沒人知道，至少在家族的史料當中，從未記載過葬後沒有蠕行的祖先；但我還是一廂情願地希望，如果我不想要這種無聊的榮柄，或許可以不用在壯年將盡、老年未來的時候，就撒手人寰？

父親今年足歲滿五十；而我已經三十了。有幾位來送行的親戚們安慰母親的時候提及，父親就是因爲是條好舌頭，才會在青壯之年就向北蠕行，而且現代醫學進步營養好，否則換在古時候要是有個先祖也有如此功業，八成不到二十五就得一命歸西，搞不好連傳承血脈都來不及。然後這類安慰會繼續發展成對我不夠成材的惋嘆與指控，甚至有位長輩明白地對我說：再怎麼不成氣候，好歹也得趕緊找個伴侶、把父親流淌在我血液裡頭的良好遺傳給延續下去吧？

而這件事，就會扯到埋在我心裡頭、覺得自己不適任於舌頭一族的第三點：感情問題。

○

愈是有志於致力發展家族事業的子弟，爲了要早日完成傳宗接代的任務，就會愈早婚嫁；而爲了不讓血脈裡頭摻入不純的基因，家族裡頭成員的婚嫁對象，常是同輩分的其他家族成員，如果同輩分找不著合適的，就找年齡接近、或者另一半已經先一步向北蠕行而去的族人；非吾族類的其餘外姓人士，全是不予考慮的閒雜小民。

小時候不覺得這有什麼不對，唯一的麻煩在於：有時會搞不清楚某個親戚是該稱她爲嬸嬸比較好？還是該喊她做堂姊？家族裡的規矩原來是以自個兒這條血脈的男性爲準：倘若是父親的配偶，就喊做媽，甭管她本來是父親的堂姊妹還是表姪女；會有這種規定，想來這一定是古早時代女權尙未抬頭時的遺毒。現在時代進步啦，家族裡有孩子出生時，就會先登錄到族內機密的電腦資料庫裡頭，有成員婚嫁時，也會直接在電腦上修改族譜，再昭告族人以正稱謂。

說我純眞無邪也好、說我駑鈍遲緩也罷，反正我一直沒想到自己有一天也得面臨這種在家族成員裡頭挑選一生伴侶的抉擇；而當我意識到這回事時，已然大事不妙。

家族裡頭同我年紀相當、輩分相仿的女性成員當然是有的，而且就我而言，她們每個人都是秀外慧中冰雪聰明漂亮可人宜室宜家的典範，十個我加起來都還匹配不上；而且她們個個都以傳承家業爲己任，所以雖然我自知長得其貌不揚又不怎麼有出息，但因爲我有個出類拔萃的父親，所以眞得婚配的話，她們倒也不至於不願意。

眞正大事不妙的原因不在家族女性成員身上，而在我心裡。

就是她。

她和我打小學起就認識了，算來是緣分極深的青梅竹馬；雖說小時候沒什麼談戀愛的感覺，但待年齡漸長的青澀青春期到來，我們卻發現彼此間早就有了某種難以割捨的情愫。

如同絕大部分青春期的苦惱青年男女，我們都各自嘗試過不怎麼成功的戀愛，然後在渾身傷痛之後找上老朋友，相互舔舐創口。以她的條件而言，身旁有眾多追求者是理所當然的成長劇碼，而我則有點兒像在下意識裡賭氣不守家族規矩，老想著要找個家族外的女孩兒談戀愛；雖說那時並沒有意識到這種傾向，但現在誠實地回想起來，耍任性的成分恐怕多過於一切。不過殊途同歸：縱然追求者眾，但她似乎老是遇不上合適的對象，而我可以不費吹灰之力地寫寫情書把女生約出來，可惜每回也都到此爲止——約出來的女生看到我，沒有掉頭就走的都算是很給面子了。

這種情況讓我深深地體認到，國外那個大鼻子西哈諾的故事雖說是篇虛構的玩意兒，但實際上卻帶著幾分眞實；也許所有的好故事，都會摻著點兒現實的成分。我沒有那種看起來很假的大鼻子，也沒愛上表妹，更不用替一個草包帥哥寫情詩，不過西哈諾大鼻子後頭上方一點點距離的那顆腦袋轉著哪些心事，我很能體會。

小學時的高胖老師覺得成績好壞與品行優劣當中有牢不可破的關聯，而青春期的女孩子們認爲文采良莠與長相俊醜之間似乎也有某種可以預期的正相關；所有人都知道外在和內在是兩回事，但這種深植在心裡的奇妙價值觀是怎麼形成的？實在頗耐人尋味。

在破壞許多青春少女的美好想像無數次之後，我終於打算放棄這種其實頗爲無聊的任性作爲，卻猛地發現，其實她的影子已經在我的靈魂根柢扎了厚實的基礎；而從一堆不合適的追求者圈圈裡脫出的她，似乎也正好覺得如我一般不搞花俏的傢伙才好長久相處。

我們就如此從多年好友變成戀人。

然後我才想起，自己居然眞的違反了家族規矩。

○

我睜開雙眼。

掛上她打來的電話後，我在東想西想裡莫名其妙地滑入了黑甜之鄉；而在方才醒來的瞬間，我正好想起那個入睡前讓我盯著話筒圓洞發愣的問題：她怎麼知道我已經回到家了？

打電話給我，她一向會堅持讓鈴響到我接起電話爲止；雖說這種堅持是她的特色之一，但要是我不在家，她難道會讓電話貫徹始終地持續窮吼下去嗎？把觀察的角度往後拉，瞧瞧記憶裡頭每筆她鍥而不舍地讓電話聲嘶力竭嚎叫到我不得不接的紀錄，是否都表示她在打電話前就肯定我在家、會接電話？怎麼可能？咦？

上下眼皮二話不說「啪」地分開，我的瞳孔微張，第一道滲進百葉窗裡半暗不亮的天光打上網膜。我轉轉眼珠，掠過腦子裡的第一個念頭是：我已經窩在折疊躺椅上一傢伙睡到日頭偏西，才會如此心甘情願地醒來。接下來我瞥見床頭的鐘，不對，我明明才睡了五分鐘不到。

都已經被逼著不用上班了，還這麼神經質地醒來做啥？是生理時鐘改不了按時喧鬧的習慣，還是有什麼東西干擾了我的睡眠？

我記起醒來之後、睜眼之前想到的問題，覺得很是奇妙：也許她真的有什麼能力可以知道我在家裡，像什麼心電感應或者天眼通之類的？不對，我搖搖頭，她從來也不信這些東西，連星座塔羅牌之類女生喜歡半眞半假拿來算命的玩意兒，她都一概敬而遠之，想來應該不至於有哪種不自覺的超能力才是吧？

不過她這種個性產生了一個麻煩，就是我一直不知怎麼同她說自個兒怪異的家族特質。葬後蠕行？我可以想像她一臉不信：拜託，就算是八卦雜誌的普羅讀者，也沒有人會被你這種爛設定唬住吧？

唔。算了，船到橋頭自然直。

本來以爲自個兒帶了個外姓女子回家父母會大驚小怪，但當年鼓起勇氣把她介紹給二位大人時，他們不也挺喜歡她的嗎？說不定等到我終於把她迎娶進門、非得同她解釋家族祕密不可的時候，她可以二話不說地接受這種怪異的事實。屆時，甚至我還可以帶她參加葬禮、開開眼界。

想太遠了。我不怎麼清醒地搖晃著腦袋四面環顧，突然聽見窗外有點聲音。

我站起身來伸了個懶腰，然後走到窗前一把揭起百葉窗上的一疊疊塑膠片子，赫然瞧見一張老臉在我窗外搖頭晃腦。

喂。我住在公寓的七樓哩。

一時間，我以爲自己還在一個怪異的夢裡。

壹・肆

我鎮靜地放下窗葉，背向窗戶，捏了捏自己的大腿，會痛。

然後轉身，拉動控制百葉窗的細繩。

老頭兒還在那兒。他眞的存在。

怪哉，這是怎麼回事兒？莫不是偷窺狂找錯門戶搞錯對象？從室內看不清楚老頭兒是用什麼法子攀在我這七樓外壁，不過我可以想像他的雙掌伏貼在我的紗窗外框上頭，背部向後弓起，大腿上屈抵著胸口；腳掌嘛，可能平貼在小套房外牆的粗糙表面，或者夾著電線踮著水管什麼的，才能把自己固定在七樓外牆，像隻迎向晨光的乾癟壁虎。話說回來，他老人家是怎麼爬到這麼高的地方來的？難不成這位是個武林高手，眞會什麼武俠小說裡頭的壁虎遊牆之類功夫？

一抓到機會就做無聊聯想，可能是當個八卦雜誌編輯的必備能力：記者拍到的幾張模糊照片，善加利用就可以編織出一整段愛恨交雜的情史；政客脫口而出的一句話，前加後減就可以串連出他的政治抱負或者不堪緋聞。手上拿到的資料愈少，能夠發揮聯想力的空間就愈大，做出來的新聞愈假，發刊後引發的討論就愈精采。

在進入目前這家雜誌社工作時，我曾經自嘲地想：要做這款唬人的工作，何必跑到一家八卦雜誌社來？在家族裡頭乖乖地參與家族事業，矇騙的人更多、矇騙的事更大、矇騙的手段更瀟灑、矇騙的層次更高。但過了一陣子，我開始修正自己的想法：八卦雜誌的內容眞假相摻，而閱讀翻看這些內容的讀者對這回事兒心知肚明。他們看八卦雜誌的原因，是爲了要打發時間、要找聊天話題、要來點兒具有娛樂性的腥羶色性內容，或者藉以體驗一下某些他們無緣得見的生活內幕。眞實也好、虛僞也罷，八卦雜誌的讀者知道，自己正在閱讀的這些資訊値得懷疑：他們對這些資料的要求並不是正確，而是希冀可以用這個來塡補做頭髮、等公車、上廁所或者與同儕友人聊天時可能出現的空白時間。

但我們舌頭舔舐過的歷史則不同。

它們理應是眞實的、不容懷疑的。我不希望把它們變得和八卦資料一樣不可盡信。

分辨出這種不同，讓我繼續愉悅地在八卦雜誌社生產半眞半假的垃圾資訊——它們就像美式速食：高熱量高油脂高醣分高爽快。至於舌頭家族的歷史重責，我也許有那個能耐參與，但實在沒那個意願碰觸。

不對不對，我搖搖頭；現在可不是發揮八卦編輯本領、編派無聊聯想的時候。有個怪老頭兒貼在我的窗戶外頭呢。但該要拿他怎麼辦呢？對了，撥電話：不過警察會相信我的說法嗎？管他呢，應該先撥電話再看情況、決定下一步應當如何進行才對吧？

我瞇著眼歪著脖子想了會兒，決定轉身去打電話；但在掉頭之前，突然有種感覺攫住了我的思緒。我把視線放回貼在窗外睜大眼睛環顧室內的老人臉上，不知怎的忽然覺得那些皺皮看來很是眼熟。

還在納悶呢，老頭兒突然開口，喊出了幾個字兒。

這幾個字兒不偏不倚，正是我在老家時候的乳名。

嘿。

我兩眼大睜，在那一瞬間腦袋轉呀轉呀地亮出了個字號來，彷彿幼時在課堂上被叫起來回答問題卻滿臉茫然的時候、老師直截了當地打我頭頂敲了一棒。回憶這麼衝來，撞得我心驚肉跳；拉了幾下紗窗，我才想起這紗窗從我住進來的那天就卡住了，於是連忙低下頭，在抽屜裡頭東翻西找地挖出了把美工刀，二話不說把紗窗給劃了個門戶大開，將老先生迎了進來。

「小鬼記性兒倒還不算太差，」老先生赤著腳自窗而桌跨進房裡，在我的躺椅邊上站定：「這幾年過得如何？」

「還好；」我垂下眼必恭必敬地答話：「爺爺您過得也好？」

○

「好、好！」爺爺吹鬍子瞪眼睛地嚎出這幾個字，音調聽來似乎與字義格格不入。我心頭一凜，誠惶誠恐地低著頭轉著眼睛，偷偷觀察爺爺的表情，早年某次被父親拿籐條皮帶晾衣架子抽打的往事，一忽兒全浮上我的皮膚表面，變成一道道又紅又腫又燙又痛的雜亂草寫體，熱辣辣的似乎聞得到某種焦灼的氣味——大概是小時候被揍怕了吧？長輩的臉色只要一個不對，我就會有這種即時的條件反射出現。

我的心裡還在七上八下，爺爺突然擠著皺紋嘿嘿地笑了起來。鞭痕的幻覺倏地消失，我嚇了一跳，抬起臉來眉毛一高一低地看著他。

「小鬼，爺爺好想你呀！虧你還記得我，爺爺這回來的目的之一就是想見見你，這期待如果只是剃頭挑子一頭熱，你說，爺爺的老臉該往哪兒擺去呀？」爺爺拍拍我的肩膀，勁道足得讓我差點兒忘記他已經去世了二十年——一念及此，我突然打了個寒顫，想起一件不怎麼對勁兒的事：咱們家族的人過世之後，周身的大小骨骸就肯定是廢了；但現下看看爺爺身子硬朗得緊，怎麼回事兒？

再說，雖然我前後已經看過好幾位家族先輩葬後蠕行，但卻從沒聽過有哪位長輩在去世之後還能行走言語的呀？

葬後蠕行的流程一向只是：睜眼、環顧一圈觀禮親族、躍出墓穴、伸屈身體向北蠕行。生前事功愈高、死後骨骼愈碎、磨來蹭去蠕行的樣子就愈完美。到此爲止。不僅我沒聽過哪位蠕行先人開口說話，連家族裡的歷代先族紀錄裡頭也沒提過這檔事兒，更別說還能大步行走（甚至施展壁虎遊牆功夫？）了——按理說骨頭都碎啦，怎麼站立行動啊？

但眼下這人眞像爺爺啊；雖然二十年沒見了，但爺爺同記憶裡的樣子相較不僅沒有年老多少，反倒看起來矍鑠精神了許多，再想想他方才的表現，感覺上四肢靈便，難道那些個葬後蠕行的長輩們，最後會到某處獲得這款不朽的生命，不僅壽命延長了、健康狀況變好了、還會學到一身功夫？

好像一本沒創意的武俠小說情節。不像話。

這長得像爺爺的老頭兒衣服褲子上全是髒污與灰土，不知是本來就這樣，還是因爲我這舊公寓外牆沒清沒洗，所以這會兒全沾染在他的身上手上，拍我肩膊時於是拍出了一團團塵煙；倘若家裡長輩葬後蠕行的終站，是到一個世外桃源去當大俠，這老頭兒的寒酸模樣看起來也不大相仿——除非長輩們最終投靠的是丐幫。

唉唉，不要再想武俠小說了。

中學時期，班上有個清新美麗的文藝少女，大量地閱讀、大量地創作、大量地投稿，不過我不確定她是否因此獲致大量的失落。文藝青年似乎不可避免地讓我覺得討厭，可能是因爲他們講話咬文嚼字引經據典，老帶著一種自認爲高人一等的臭酸氣味，好像憑著多讀了幾本書，就比其他人知道更多什麼似的——而這「什麼」到底是「什麼」，恐怕他們自己也不是很明白。

不過說實在話，當這位文藝少女在某個下課找上我時，我的驚喜大過於厭惡；雖然講白了，驚喜的原因只是她長得不錯，但換個角度看，「長得不錯的女生」對於那個年紀的普通男生如吾等之流而言，簡直就是天使的同義詞、女神的現世化身。

「你也寫小說嗎？」她問，同時不知用什麼方法，將些許若有似無的髮香，悄悄地透過我們之間的空氣偷渡過來、送進我的鼻腔。

我搖搖頭，她的雙眉當中浮出一點點可愛的皺紋，「那多可惜啊？你的國文成績很不錯呢。」

「除了國文成績之外，我也沒什麼會被妳注意到的長處了吧？」事實上為了不要太引人側目，我已經盡量不讓國文成績過於明顯，不過因為其他科目實在太過不濟，所以落差依然不小；我心裡頭暗忖，她該不會是因為把我想成一個文學奇才之類的人物，所以才對我產生興趣的吧？為了不讓漂亮女生失望，我還是勉強接詞兒，「我沒有什麼說故事的才華啦；妳剛問我是否『也』寫小說，所以妳自個兒正在嘗試創作囉？」

「嗯，」她的表情亮起來，「是呀，我正在寫一篇高難度的小說，不是那種簡單就看得懂的大眾文學哦；這個故事包含了人生的哲理與歷史的辯難，我想用一些後設的手法，行文間透露一種自嘲的幽默，最好還可以加上……」

她後續講的一串言語我幾乎都沒聽進去，一方面是因為她上唇微翹的弧度實在可愛，勾得我有點兒失魂落魄，另一方面是我發現她的頸根兒在衣領掩住的陰影裡有顆小小的痣——這可不是平常看得到的神祕部位啊！我回過神來的時候，她已經替自己的長篇大論下了感嘆的結語：「……不過我想這篇小說，可能會同我先前投稿到出版社的作品一樣，落得一個不被出版的下場；因爲沒人要看嘛。」

「如果妳完成了這麼棒的作品，」我問，「那麼創作本身應該就很有成就感了吧？不出版有什麼關係？」

「這麼好的作品，不出版怎麼能讓大家都讀到它呢？」她理直氣壯地回答。

明明自己想寫一篇沒人看得懂、技法高難度的作品，最後爲啥反倒對沒人要看的情況產生感慨呢？希望沒人能懂，同時也希望人人愛看，這種虛幻的希冀算不算是一種矛盾的情結？不對；我在心裡頭搖搖頭：這種想法應該是某種近似於殉道者的自憐，變態地認定世界上只有一種偉大，而偉大的基礎就在於無人了解、乏人聞問。

我瞅著文藝美少女，突然覺得她的美麗看起來有點兒低智商。還不如那顆若隱若現的痣呢，人家可就單純多了。

大約是我的表情變得有點怪，她打算和緩一下氣氛，於是指著我手頭翻開一半的那本書問，「喏，你呢？你都讀什麼？」

「武俠小說。」我照實回答。那時我正由近而遠一路回溯武俠小說的源流，讀的內容其實有點兒好壞不分生冷不忌；手頭這本武俠小說有不少軟調情色場面（男主角大約同三五十個女性角色發生過關係，每翻三頁大約就能遇上一段），加上其中對於功夫的描寫，可能是我讀過的所有武俠小說裡最爲誇大的（隨手劈出一掌可以轟掉一座山頭，開山造路時應該找這些人去施工才對），文詞使用粗糙隨便、情節安排胡說八道，說起來完全沒有什麼藝術價值，只有讓人一面覺得鬼扯，一面好奇作者到底能鬼扯到哪種境界，所以又翻向下一頁的荒唐內容。文藝美少女，一定不會喜歡。

果不其然，她拿過去翻了幾頁，皺皺眉，把書還給我，沒說什麼就走了。

我心想她八成是翻到了情色場面的橋段，當下不知怎的浮出了一種捉弄的快感；依著她剛翻閱的厚度掰開書頁，想找找到底是什麼情節讓她覺得不須再同我談論文學藝術；結果發現她看到的大約不是什麼色情描寫，而是主角遇上外星人後、因爲言語不通而打起架來、內功大戰雷射光的那個篇章。

自個兒開始在八卦雜誌社工作後，我偶爾還會想起同文藝少女難得交集的那幾分鐘。我一直沒在各類文學獎的得獎名單上或者書店的新書平台區看到她的名字，當然，我知道她可能會使用筆名，但也從未在文學期刊專訪、書封折口或者封底這類常會安上作者照片的地方瞥見她的模樣——不知道她那篇眞的很難懂、但每個人都會很想讀的作品，到底完成沒有？倒是在進行「拿著一丁點資料、編出一大篇報導」這種八卦雜誌作業時，我有時會想到：當年告訴她說我「沒有什麼說故事的才華」可能得算是說謊，只是話說回來，我寫不出她想要經營的那款作品這回事，應該是不折不扣的事實。

她想要創作出來的東西不是大眾小說，當然也不是八卦新聞。大眾小說的讀者知道內容是假的，不過讀的時候很當眞；八卦新聞的讀者知道內容半眞半假，讀的時候也不怎麼認眞；但她想寫的偉大作品很難讀、沒幾個人讀，我也不大能確認這些讀的人到底怎麼看待這類作品——每回我想起這件事，就搞不懂這種作品到底寫出來做啥。

然後我幾乎毫無例外地會想起父親。

父親認爲我看的那些武俠小說大多是垃圾（老實說，讀過有一堆情色場面、一發功可以打爆大陸、後來又同外星人幹架這款武俠小說的我，實在沒有什麼立場反駁），同時也認爲我對藝術作品的感受力趨近於零（很可惜的是，我也提不出任何能讓這種看法站不住腳的證據），幸好，做咱們家族的行當，無論是通俗或者藝術這兩種能力具備與否，其實都不重要。

可想而知的是，等到父親發現我對垃圾小說的興趣居然還大於家族事業時，可眞是氣炸了。不過我那時已然隱約明白，我們負責操弄的整部歷史，表面上看來是沒多少人在意的、需要高度技巧才能全然明白的藝術，實際上則是每個人都不自覺吸收著的低俗；在所有人不經意活著的時候，被我們蠕行浸淫的、屬於群眾的記憶正悄悄地滲進單一個體的骨髓深處，偷偷地參與、化爲血肉。

太噁心了。咦？

我把意識拉回現實，突然想到我可以拐幾個彎兒用問題釣釣眼前這老傢伙的話頭，看看他到底知不知道咱們的家族事業、辨辨他身分的眞僞。

老頭兒正在我的房裡東張西望，一會兒摸摸桌子底，一會兒抬起床墊，彷彿在找什麼東西。

〇

「爺爺，」我問道，「您這次回來，有什麼事嗎？」

「主要的原因就是我兒子、你老子的葬禮，」老頭兒還在翻找，但抽空長長地吁了口氣，「我想回來瞧瞧。要說你老子的事兒本來我是不想再管啦，不過聽到消息，爺爺還是像二十五歲就守寡小媳婦兒一樣——拿不準主意該怎麼辦才好；後來想想，再怎麼說也是自個兒的兒子，回來一趟，順便見見你這小鬼、把一些要緊事兒同你說說。」

參加葬禮？我皺起眉在腦袋裡把觀禮的衆親族挨個兒對過一回，很確定眼前這老頭子不在裡頭；接著我想起父親躍出墓穴、環顧四周時瞧著我的眼光——那眼光明白宣告，死去之後準備蠕行的父親是有意識的，倘若那時他看見了爺爺，難道不會有什麼表示嗎？我在心裡頭重播了一回父親漂亮的蠕行橋段，不認爲他在環視衆親族時，眼光除了在我臉上多停了會兒外，還有什麼其他的異常。

不過，如果老頭兒眞是爺爺，而且會功夫，那麼他可能會藏在一個沒人注意到的角落參加典禮；但是，身爲家族裡頭已然葬後蠕行過的先人，他何必躲躲閃閃地不敢見人？

難道說，蠕行先人們在蠕行向北後，都會變成飛簷走壁、一身輕功的大俠，然後回來參加後輩的葬禮，但因爲某種我們這些還活在現世的兒孫們不懂的規定，所以不能光明正大地現身？沒道理呀。

眞搞不懂。

不打緊，我還能繼續往下問；不是家族裡的人，就一定不會知道舌頭家族的眞正業務。

「爺爺，」我裝得若無其事，「這幾年來，家族事業的發展，您還滿意嗎？」

老頭兒突然停下手頭的動作，砰地一聲把他抬起一半的書桌甩回原位。我吃了一驚，斜眼偷瞄他的表情，只見他聳聳眉骨，厲聲發問：「小鬼，你現下沒替上頭寫那些個王八東西吧？」

壹・伍

沒錯兒了。

眼前這位一定是爺爺。因爲我這些年不幹家族營生，所以爺爺決定回來教訓我了；這就是他一見面那幾聲「好」字兒裡頭充滿不悅的原因了。

大顆小顆的冷汗瞬間衝出皮膚表層，順著我的額角臉頰下巴脖子鎖骨，一路向下涔涔前進，剎那間，我好像回到今天凌晨與父親剛跳出墓穴時四目相對的片刻，只是當時自個兒似乎已經勇於面對權威直視帝王的氣概，現在丟臉地萎縮起來，像天冷時候沒穿褲頭在空氣裡皺成一團的陰囊。我囁嚅著嘴唇喃喃地說：「我正要去幹，正要去幹。」

「啥？」爺爺挑著眉毛把手掌放在耳蝸外頭做了個誇張的聆聽姿勢：「你這混帳小子，分明是在尋爺爺開心嘛；想當年我走的時候，你雖然才十歲剛滿，但看來已經是個頂天立地的小漢子，現在長得又高又壯，結果空有個樣子沒半點裡子，居然說什麼這事兒現在正要去幹？你這不正是跟著師娘跳假神——學壞了嘛！」

咦？我一下子狐疑了起來。

我長得一米六五上下，胸前排排條肋清晰可見，肚子倒是渾圓前凸，手不能提腳不善跑，爺爺這「又高又壯」四字形容，可真不對之至。另一方面，咱們家族世世代代幹的營生全一樣，就是動筆寫些爺爺剛剛所謂的王八東西，我當年硬著頭皮瞞著父母親，獨個兒跑到異地來工作，爲的就是不想插手蹚進這世代積累的爛污裡頭；方才爺爺一提，我趕緊心虛地表示自個兒正考慮回頭操持這行，怎麼爺爺反而不大高興？

爺爺氣沖沖地在我的躺椅上坐了下來，這躺椅材質劣等重心不穩，我坐上去要不先調整姿勢完成四平八穩的構圖，絕對會跌個完美的狗吃屎，怪的是爺爺隨隨便便往上頭一坐，躺椅居然動也不動——這情形只有兩種可能：要嘛就是人去世之後體重就會變得若有似無，否則就是我這廉價躺椅明擺著是個吃裡扒外的傢伙。

「小鬼，」爺爺斜著眼睛睨著我：「你知不知道爺爺爲啥生氣？」

呃，我的腦子裡一下子重播了父親老愛提及的光輝耀眼家族歷史、偉大傳承、不爲人知的祕辛，以及我們先祖們一代接著一代把持的特權。關於這一切，我從小到大沉澱出來的離棄原因，爺爺能理解嗎？他能明白我認爲的噁心、我不夠出息的貪生怕死，以及愛上了異姓女子、這輩子可能無法延續本姓血脈的想法嗎？可能性不大吧？

我搖搖頭，小心翼翼地說：「爺爺，我想您在生我這幾年沒好好繼承家族企業的氣？」

「蠢！」爺爺翻翻眼珠子，五官構成的線條不知說的是氣憤還是無奈：「我直到現在還是沒法子明白，為啥會獵狗下耗子、生了個蠢兒子？當年還覺得孫子比較可能有點出息，沒想到現在一瞧，倒成了我那蠢兒子的翻版，十足十地相像！不對不對；」我還不知道怎麼答腔，爺爺已經開始大搖其頭：「你小時候挺像樣的，這一定是我那蠢兒子這幾年把你教壞了！」

這話說得可眞妙；我心想，自小到大沒聽過家族裡頭男女老小任何一號人物，會用個蠢字兒來形容父親。父親很年輕的時候就已經開始涉足家族工作，短短幾年之就闖出了自個兒的名號；接下來的時間，父親成天面對應接不暇的工作請託，不但處理得遊刃有餘，還成為了親族裡頭最得人望、說話最有分量的角色，長輩們的大小會議一定會找他相商，事實上，父親還越級舉行過好幾次重要集會，做出的仲裁決議也一直都讓大家信服。

剛去世的父親在前幾天才過完五十大壽，在平均壽命日漸其長、醫學發達科學進步的現代，一般人在五十歲時大概都是事業有成袋底有錙、身子骨還能出去運動旅遊，甚或偷嘗腥騷播下野種；而父親在這年紀就已然耗盡人生在世所有的能量早早撒手，葬後蠕行的完美體態，更證明了他整副骨架八成已經碎成白粉——種種情況，無一不是咱們族人奮力工作勞心費神的象徵。這麼一個讓所有親屬豎起大拇指直讚好、讓我這兒子的頸項從小就因壓力而直不起來的父親，居然會被說成一個蠢貨，這可眞是始料未及——爺爺到底為啥要這麼罵父親？

我正想發問，爺爺倒先接了腔：「沒關係，爺爺一見到你，就知道你還有救。這次回來，除了見見兒子之外，最重要的，就是要同你說件事兒。」

「你知道，」爺爺的老臉欺了近來，「咱們爲什麼死了之後要向北蠕行嗎？」

○

葬後向北蠕行的原因，我當然知道。

在母親同我解釋咱們舌頭家族眞正使命的那個晚上，也提及了吾輩先人葬後蠕行的原因，而這因由，還是得溯源回到老祖宗倉頡身上。

「媽媽考考你：什麼是『六神』？」母親問。

這個簡單。家族裡頭有些打神話時代開始記錄下來的歷史文獻，所有的成員幾乎都是自小就讀，所以母親這臨時抽考完全不成問題：「六神分別是：青龍、朱雀、勾陳、螣蛇、白虎、玄武。」我答。

「沒錯，」母親點點頭，「除了螣蛇之外，其他五神分別固守五個方位，其中的玄武，又名玄冥、玄枵，即是北方的神獸。那媽再問你：『三皇五帝』分別是哪『五帝』？」

這更簡單了，「青帝、赤帝、黃帝、白帝、黑帝，合稱『五帝』，也有書上是用黃帝、顓頊、帝嚳、帝堯、帝舜等五位合稱。」

「照書上寫的，『顓頊』就是黑帝的名字；」母親道，「他是條黑龍化身，也是掌管北海的神祇。」

我「唔」地答應了一聲，搞不懂這些東西同咱家族的北向蠕行有什麼關聯。母親看出我的疑惑，微微一笑，繼續說道：「『枵』與『武』的古音相近，而『冥』與『龍』的古音則相同。所以『玄武』就是『玄枵』、『玄枵』就是『玄冥』，而『玄冥』呢，就是『玄龍』啦。」

「你該知道，」面對著我依然大惑不解的表情，母親繼續解釋，「『玄』可以解做『黑』的意思，所以『玄龍』其實指的就是條『黑龍』，神獸裡的北方『玄武』，其實就是化身爲黑帝顓頊的那條黑龍。」

「哦——」我露出一個「原來如此」的表情，接著問，「但這同咱們家族有啥關係？」

「媽還沒說完，」母親揮揮手，「『黑』色除了可以用『玄』這個字替換之外，也可以用『蒼』，所以『黑龍』也就是『蒼龍』；而『蒼』與『倉』字兒同源……」

母親說到這兒，我突然靈光陡現，「媽，您是說，咱們的老祖宗倉頡，其實就是這條黑龍？」話一出口，我又覺得不對，「但『頡』這個字兒，同『龍』可一點兒關係也沒有啊。」

「別急，」母親搖搖頭，「老祖宗做事兒，哪像你這麼冒失莽撞？拐個角度來看：『頡』有『向上飛升』的意思，《詩經》有云：『燕燕于飛，頡之頏之』，就是這個意思。」

「所以，」我恍然大悟地點著頭，「老祖宗的名諱拆解開來，就是一種『向上飛升的黑色東西』，這東西當然就是龍囉！」

「呿，」母親輕啐了一口，「瞧你這孩子，居然隨便把老祖宗稱爲『東西』，可見書讀得太少，會用的字詞還不夠多；不過算你聰明，推測得大約沒錯：咱們家族的初祖倉頡，其實就是北方之神黑帝，也就是一條黑龍。所以我們在去世之後，都得朝向北方、蜿蜒而去。」

「我們是黑龍的後代呢，」我有點兒不滿，「幹麼不用飛的？」

「嘖，」母親瞪了我一眼，「飛升可是先祖的權利，咱們這些後生小輩兒怎麼可能辦得到？再說，自倉頡之後，我們世世代代就成了舌頭；身爲舌頭，蠕動行走有什麼不對？」

母親的嚴厲神色讓我縮了縮脖子，不過下一個問題又搶出了我的唇舌，「那麼，爲什麼有些歷史書裡頭，會把『顓頊』這個名字冠上黑帝的頭銜呢？」

「才說呢你就忘了，」母親笑了起來，「媽問你：這歷史，是誰寫的？」

○

寫歷史的自古以來別無分號，正是咱們舌行家族。

為了避免麻煩、在正史上隱身，自倉頡老祖宗之後，我們家族幾乎在歷史長卷上頭全然消失；時至今日，被我們修改舔舐過的文字已經成了唯一的正確紀錄，母親同我說的神祕史料，最後只留存在家族成員的口耳之間。

事實上，除了歷史之外，諸如將來會變成文獻資料的新聞內容、能夠追溯過往紀錄的官方檔案，或多或少都被舌行一族動過手腳；別的不談，光是咱們氏族自己的戶籍紀錄，其實就被刻意地修改過——否則舌行家族同姓通婚的族規，根本沒法子執行。事實上，母親就出身於一個已經遷居在外的家族支系，嫁給父親後才搬到祖厝所在的鄉下。根據我聽來的陳年八卦，母親是在某次回鄉參加家族葬禮時與父親一見鍾情的，這款老式的浪漫聽起來有一種簡單的甜蜜，不過說實在話，我一直沒法子把父親和「一見鍾情」這種非理性的衝動連結起來。

我像背課文似地把葬後向北蠕行的因由向爺爺說了一遍，爺爺看起來有點兒不耐煩，但還是按捺著聽完了我的整齣講演，然後才開口問道：「小鬼，這套東西分明是猴兒拿虱子——一場瞎掰，你信是不信？」

「信呀。」我理所當然地回答，「沒什麼不信的理由嘛。媽講的每個環節推衍都入情入理，只是我不明白，蠕行向北最後會走到哪兒去？不過想來這個謎題可以由爺爺您替我解開。」我眨眨眼，呈現一臉乖巧後輩的模樣，「在您之前，我從來沒有遇過已經北行的先人，所以也不知道為什麼在葬後蠕行一路向北之後，先人們居然還會站立行走、甚至飛簷走壁？我實在很好奇，希望爺爺您能告訴我一些答案。」

「葬後蠕行？我？」爺爺一眼兒大一眼兒小地瞪著我，好一會兒之後，才遲疑地問，「小鬼，你以爲爺爺已經死啦？」

這不是理所當然嗎？我一愣；爺爺在二十年前已然入土爲安（當然，這「入土爲安」只是個大家依例慣用的詞兒；我們家族的成員沒法子在葬後安心長眠，事實上在入土之後，我們還得要忙和好一陣子），雖然我記得很清楚，那個晚上我因爲發高燒癱軟在床，沒能去向爺爺送行，但家族裡頭的每個成員都知道，爺爺在那個晚上已經過世下葬、向北蠕行。

但聽爺爺問這話的口氣，倒像是另有蹊蹺？

「爺爺，」我小心地、語帶保留地以問句回答爺爺的問句，「您是說，您根本還沒死？」

「呿，」爺爺啐了一口，「什麼死不死的，眞是難聽，可見你這小鬼書讀得還不夠多，會用的字詞太少；不過算你有點兒小聰明，知道察言觀色，爺爺我的確還沒死。不過啊，」爺爺突然又湊了近來；我原來正在訝異：隔了數十年的時空，爺爺的這段台詞，居然同母親在那個晚上教訓我的那段如此相似，這其中一定有什麼神祕的關聯，不過這股思緒還沒理出個因由，就被瞬間出現在眼前的老臉給嚇斷了，「爺爺一直以爲，你知道這個祕密咧。」

「爲什麼？」我抛開方才那縷可能會牽扯出神祕因果論的思緒，睜圓了眼睛，好奇心大起，「難道您老曾經留下什麼線索，指點我說您還沒過世？」

「還留下線索咧：」爺爺不耐地咬著鬍子、瞪著眼睛，「那晚，我曾特地到你臥室的窗前去向你道別，你全忘了？」

「啊？」

壹・陸

十歲那年，我莫名其妙地生了場病。

按理說那只是染上風寒、得了流行性感冒之類的毛病，但高燒卻退了又來，一週七天當中，有四天半體溫衝上攝氏四十度大關；我的背上全是刮痧之後的紫紅斑痕，退燒藥和著水則是三餐裡頭唯一辨得出味道的苦澀食物，母親來來去去地替我擰來冰涼毛巾敷上額頭，而我身下的床單一再被肆流的汗水整個兒溼透。

那時大叔公、大嬸婆與三嬸婆都已經相繼過世，原本常來繞逗我玩兒的爺爺也很久沒出現了；彼時我已經知道自己不怎麼喜歡家族的世代營生，不過還不確定自個兒未來到底要不要接受命運的安排進行這個行當。

體溫再度攀高，熱氣一面把身體裡的每滴水分逼成汗珠擠出體外浸溼床單，一面燙熨溼漉漉的布面蒸走汗液留下一層層泥濘的鹽漬。我在糊裡糊塗的高熱裡作了個夢，夢見自己已然死去，但葬禮卻反常地在正中午舉行；我躺在墓穴裡頭正對著烈日睜不開眼，聽著祭文卻使不出半點氣力，沒法子彈出那個讓我暫時棲身的土洞。

「你們瞧瞧，這孩子做什麼事兒都不認眞，連死了都一樣；」我聽見父親的聲音在墓穴上方某處響起，還似乎可以襯著強光瞇見他搖頭的模樣，「這樣我怎麼有臉去見列祖列宗？」

唔，唔；我發不出聲音，只能豁出全力扭腰擺臀，希望將自己送上地面，心想好歹不要在這種時候丟父親的臉。掙扎了好一陣子，我終於抓到了訣竅，奮力把身子往上一彈，額角卻撞上墓碑的邊緣，發出一聲「叩」。

我沒掉回墓洞裡。我醒了。

整棟房子都沒有聲音，就像個偌大的空墓；我半睡半醒地抓過擺在床頭的小鬧鐘，時間正好是半夜。坐起身來，摸摸前額，我發現方才在夢裡化身成正午烈日糾纏自己的高燒不知何時已經退了；迷迷糊糊地東張西望了一會兒，我才發覺自己口渴得厲害。

床頭那個母親備下的水瓶是空的。我腳步虛浮地下了床，飄出臥室想替自己找杯水解渴，踅過客廳和書房，發現屋裡根本連個人影兒都沒有，比電影裡的鬼域更沒生氣、更不可思議。

「隔天一早，我就覺得精神好多了。」我告訴爺爺，「問過了媽，才知道原來前一天晚上他們全都出席您的葬禮去了，所以才會沒人在家。半夜嘛，應該正好是誦經開始的前後那段時間吧。」

「所以，」爺爺豎起食指指向空間裡一個不存在的點，「你根本沒參加過我的葬禮，怎麼能確定我已然辭世？」

「但是：」我正想把家族紀錄父母說明這些證據搬出來，爺爺就伸手阻擋了我的話頭兒，「你想想，要是爺爺我吃了砒霜又上吊地眞死透了，現在是誰同你在這兒講話？」

啊？我張口結舌不知要說些什麼；這死而復生，不是咱們家族的特權之一嗎？既然我們氏族能夠跨越生死的界線，那麼在百年之後開口來幾句言語有啥困難？爺爺這問話，到底是怎麼回事？

「我們能夠葬後蠕行沒錯，但誰說咱們有能力死而復生？」爺爺丟回一個怪異的邏輯問題，瞅著我的臉，過了半晌，嘆口氣道：「別的不提，你聽過哪個蠕行先人開口說話沒有？你這小鬼記性兒不差，但卻丟三落四不夠實在，爺爺問你，你那晚睡得好好的爲啥會自個兒醒過來？」

我聳起抬頭紋眨著眼睛，「我剛同您說過啦，我發了個傻夢嘛。」

「看來眞是發燒睡迷糊了：」爺爺搖搖頭，又嘆了口氣兒：「那晚是我在你窗外叩你窗戶，你才會驚醒的。」

「咦？眞的嗎？」我不明白；爺爺點點頭，眼裡露出了一種狡黠的光亮，「千眞萬確。當時爺爺不但沒有過世、沒被安葬、沒進行葬後的向北蠕動，而且還到你臥房窗外去叩了幾回窗戶，在你醒來時同你揮手道別。這事兒就同你小時候在學校惹出的那亂子一樣眞實。」

呃？我一愣，接著訕訕地發起窘來。

○

我在生平參加的第一場葬禮上睡著了，那場葬禮埋的是大叔公。

照算當年我兩歲剛滿三歲未到，所以對這個經驗實在沒有什麼印象；把可憐兮兮的腦汁絞盡瀝乾，也只得了個三更半夜在郊外吹風的回憶。當然，後來我知道那個所謂的郊外其實是咱家祖傳墓地，而且根據母親的說法，族裡長老通篇經文才誦讀了一半我就已然睡著了；也正因爲睡著了，所以關於這場葬禮的大多數經過我都只是聽說的。

不過我可從沒懷疑過大叔公已經過世的這回事兒；那麼爺爺的葬禮我雖然未能躬逢其盛，卻似乎也想不出任何需要質疑的理由。

在大叔公之後，大嬸婆與三嬸婆在接下來的幾年裡頭相繼謝世，我也就參與了一回又一回的夜半全族聚會。當時我一直以爲全世界的家族葬禮都是這麼回事兒，後來在母親的解釋下才知道不對。母親對我解釋家族祕密的那個晚上，我正因爲在學校惹了個麻煩，回家後被關在房裡；而這個麻煩，正是因爲前一天晚上我參加了大嬸婆的葬禮才引起的。

這個麻煩後來成爲全族的笑柄，不過連二十年後重見的爺爺都不忘拿這事兒調侃我，可眞是不夠厚道。

我一邊臉紅地面對爺爺的滿臉笑紋，一邊在心裡啐了句「爺爺眞是爲老不尊」，一邊卻想起那齣近似鬧劇的麻煩往事。

○

大嬸婆過世時，我還在原來那所學校念小學一年級下學期，上學期第一次段考因爲國語成績太好而被指稱作弊的討厭經驗，依然令我耿耿於懷。葬禮進行完畢後，我只來得及睡上兩三個小時，就在萬般不願的情況下被喚起離床穿衣吃飯、掛著黑眼圈到學校上課算數學——對一個小朋友而言，這實在不是件輕鬆的事兒。那天，我在課堂上理所當然地打著瞌睡，被老師厲聲叫醒：「那個誰，你爲什麼打瞌睡？昨天晚上做什麼去啦？」

四周偷偷揚起一陣嗡嗡的竊笑，有個混帳同學低聲說：「這傢伙八成去偷看女生洗澡。」

女生洗澡有啥好瞧的？當時我不怎麼明瞭，只覺得周圍吵鬧搞得我心情煩躁沒法子好好睡覺。老師氣貫丹田又是一聲大喝，我嚇了一跳自椅頭兒上彈了起來，直著喉嚨回喊：「昨兒個晚上是我嬸婆下葬。」

「你嬸婆下葬？這和你上課睡覺有什麼關係？爲什麼不請家長來請喪假？哪有人半夜下葬的？啊？」老師漸次調高自己質詢的音量，聲波的振幅晃得四面木框玻璃窗嘎嘎直響：「上課睡覺就是上課睡覺，還編出這個什麼騙不了人的理由？」

這事兒可怪。剛明明就是她問我幹啥去了，現下又覺得我不該直說實話？正所謂有理能講倒人，就算她是個吼一聲能地動山搖的大個子女人，我也不打算退縮：「我一晚沒睡去參加喪禮，一直守到蟠婆跳出棺材蠕行向北了才回來。」

同學們有一半左右突然沒了聲音，另一半則是爆出半似犬吠半似豬嚎的狂笑：好像是那一半瞬間成了啞巴的同學是被這一半兒搶了聲音，但搶到別人聲音的這一半同學卻沒能好好控制使用一樣。老師先是漲紅了臉繃粗了脖子，頗有祭出一波聲音炸彈轟掉學校的架式，再來大約是覺得爲了我賠上自個兒吃飯的事業太不划算，於是換上一臉歪著一邊嘴角嘲笑的面皮，對著我哼道：「小王八蛋撒謊沒大腦，放學後到教職員辦公室等我，我找你的家長來瞧瞧：自己的小孩居然這麼不受教，看看他們打算要如何是好。」

一聽要找上父親，我馬上緊張了起來；不過轉念一想這回明明是自個兒有理，於是又覺得讓父母親來瞧瞧，似乎也算某種形式的揚眉吐氣。是故我有恃無恐地落了座，豎起課本擋住老師的視線，正大光明地繼續彌補昨晚被大蟠婆耽誤的寶貴睡眠。

放學之後，我站在教職員辦公室裡頭等待父母親出現。大個子老師坐在自己辦公桌後頭，一面改考卷（隨堂考試特別選在我睡覺時舉行，我睡得又香又甜，這回的測驗想當然耳是完全沒理會），一面不時歪過腦袋瞅我一眼嘿嘿冷笑。我知道自第一回月考她認定我作弊後就瞧我不順眼，不過反正這次我篤定自己理直氣壯，於是站得又挺又直，自忖不能讓待會兒要來接我的父母親丟臉，心裡頭也在嘿嘿冷笑，打定主意，一定要把老師等會發現自己犯錯後肥臉上的表情記在腦子裡，明天再加油添醋、繪聲繪影地向全班同學轉播。

父親剛踏進辦公室的剎那，我差點兒認不出來——他滿臉堆笑地迎向老師，解釋著一些什麼，表情和聲調同家裡頭那個高不可攀、算不上像個怒神最起碼也是個暴君的父親形象完全不搭。我一下子維持不了自己因爲正當理由充滿脊梁所以抬頭挺胸的站姿，垮下肩膀，目瞪口呆地聽著父親對老師道出一串解釋，說我這幾天身體不大舒服、腦子不怎麼清醒，前陣子的確有個親族去世、但什麼家族儀式夜半下葬死而復生蠕行北去之類的事兒，完全是我發夢胡云；在這當口母親居然也配合演出似地又摸我額頭又摩娑我胸口，那股熱情勁兒差點讓我眞的以爲自己裡外皆病。

我在父母親的帶領下離開學校，父親在前頭大步走著，母親趕在他後頭，只留我在最後獨個兒半跑半走氣喘吁吁。才剛跨進家門，父親就回頭劈來一句：「誰叫你把嬸婆的事兒向外人說去？」

「但是；」我才吐出這兩個字，想要把被老師那張肥嘴責罵的事兒說出來，父親的反擊已經排山倒海地把我其他的言語全壓回肚子裡：「上課睡覺？一晚不睡精神就這麼糟？我生你這兒子有啥用處？」

母親在一旁才作勢想勸呢，父親反應極快絲毫沒給她插嘴的機會：「妳是怎麼教兒子的？他連咱們家裡頭做大事兒的情況都不了解，還隨便同外人說葬後蠕行的事？」

母親口唇掀動，但沒有辯白什麼，低下頭退到一邊兒；父親繼續氣呼呼地指著我的鼻頭：「你給我好好反省反省，檢討檢討自個兒到底幹了什麼好事！今兒個晚餐沒你的份，不用上桌，在房裡給我寫份反省的報告來！」

撂下這麼段話後，父親一扭頭走出門回手一甩，門板子哐的一聲衝上門框，撞得整扇門搖搖晃晃，鉸鏈的四顆螺釘之中有兩顆因此被搖鬆，噹啷兩聲掉出了釘眼窟窿。我張著眼睛吊著下巴不知怎麼反應；雖然父親沒動手打我，但在我據理力爭掙回一件英雄事蹟之後，居然得到他的這種回應，這比自知理虧做錯事兒被打被罵還要難過。母親嘆了口氣，說：「我去順順你爸的氣兒，晚點再來告訴你今後啥能說啥不能說。」

那天開始，我明白，其實我們的家族葬禮獨樹一格，別無分號。

父親對著我窮吼大叫、在家族裡指揮若定的表情和同老師陪笑解釋的嘴臉，家族裡某些同其他人不一樣的禁忌，我將來得要參加承繼的家族事業，以及一般人家的葬禮之類應當是怎麼回事兒等等事物，都應該獨立檢視分門別類，與我原來知道的世界，分屬於不同的領域。

是的。在那天之前，我一直以爲人死了之後會再度睜眼蠕動北行是世界各地通行的眞理；在那天之後，我才知道在這個世界裡頭有某部分的人會因某些所謂的必要，對另一部分的人隱瞞某些事實。打出娘胎開始我始終認爲，現實世界就像我看見的那個模樣，但現在才知道，那只是世界的其中一副樣貌，就像銅板上頭偉人胸像正大光明的那面。而另外還有些部分屬於向著暗處的數字那面，但除了咱們自家人之外，沒有人知道這個面向。

壹・柒

因爲這個愚蠢的鬧劇，我在父親的堅持之下，轉了班級換了學校。

從此我再也沒有鬧過任何一個惹人注目的笑話，尤有甚者，我默默地成爲一抹小小的陰影，伏在一個接一個同學記憶角落當中，承載時光的灰塵，幾乎不可能會被任何人憶起。我的成績維持得不低不高，盡力不讓成績單上出現分數糟到不忍卒睹的學科，也小心地不讓自己的專長太露鋒芒，是故在同儕師長眼裡，自然鑿不出什麼深刻的印象。

也許當年我已然下意識地打算背叛父親那種渾身充滿家族榮耀的菁英分子形象，也許我只是想要在不洩露家族祕密的前提之下，做一個能在大多數人生活的世界裡頭，過過正常日子的普通人。

奇怪的是，父親對於我這種帶著消極方式的叛逆似乎不以爲意，只要我的成績不至於糟得引起學校方面的關切，他就能對我的生存方式不聞不問——或許，父親在當年已然明白，無論如何鞭策逼迫，我終究會走上與他迥然不同的道路；或許，父親只是單純地覺得疲累，選擇放棄對我的任何期許。

或許，父親的心裡頭一直埋藏著別的想法，而我至今從來沒能參透？

不過，父親可能從沒想過，這個轉學的動作，會引來後續一樁美麗的意外。

○

她是我轉學後認識的第一個朋友。

我一直覺得自己似乎曾經在原來的學校裡瞥見過她的身影，只是這個記憶沒有任何事實根據可以佐證，開口問似乎又有點兒呆氣。其實，當年這麼一個出衆耀眼的女孩兒第一次開口同我打招呼時，我的腦子理直氣壯地馬上變成完全的空白，啥也沒想清楚；依稀覺得她的樣貌似曾相識，是在許多年後我回頭檢視記憶，才油然而生的奇妙感覺。

不過記憶會騙人——身爲操弄歷史的舌行家族一員，我從不懷疑這件事。

她會來同我打招呼並沒有什麼神奇的理由，只因爲我們兩個都是轉學生。

就在我轉進新班級的隔天，她也成了那個班級的新同學；而在我還沒開始認識新同學之前（因爲先前在舊學校惹的那亂子，所以在彼時，我其實有點兒著慌不知道應該如何說話），她就大方地先來認識我了。

「聽老師說，你是早我一天進來的轉學生？」她用一種超越同年齡小朋友的成熟姿態對我微笑，「我們也許可以變成在這個新環境裡，彼此認識的第一個朋友。」

我張著嘴點點頭；不過因爲害羞，我想我們兩個那時應該沒有握手。

不管是要牽扯什麼宿命論調，或者純粹把這些歸因於巧合機運，反正自那時候起，我們就幾乎沒有分離過——當然，這話不是說咱們吃喝拉撒洗澡睡覺全膩在一塊兒。小學畢業後，雖然上的是同一所國中，但我們被分到不同的班級；國中畢業後，我們則分別考進了不同的高中：她考進了第一志願的女校，而我在吊車尾的一個男女合校裡開始體驗青春。雖然不同班不同校，但我們幾乎沒事兒就會互相通通電話，隔幾週就見個面，還有一陣子不知發什麼神經地一個勁兒給對方寫信。

同她在一塊兒，我不會有任何同漂亮女生在一起的呼吸困難毛病；雖然她打小就長得標致，但畢竟我們認識這麼多年，所以我原來認定兩人之間是迸不出什麼火花的。

從我的角度看來，青春期是個漫長、苦悶、無趣而且似乎永遠無法結束的人生階段；在那段時期裡，她忙著應付來自四面八方、不知打哪些角落裡冒出來的追求者（這些人同被光華吸引的飛蛾一樣盲目，運氣則大約只比撞進捕蚊燈裡的蚊蚋好那麼點兒——沒有「啪」一聲地轟轟烈烈，她巧妙的處理手段，也不至於讓他們一輩子心碎），而我則動筆寫情書、利用要弄文字的天生本錢把女生約出來。

雖然說利用情書打動芳心這個招數我使得十拿九穩，但要求繼續交往的成功機率大約同那些追求她的悲慘同類相去不遠；不過世事無絕對，在屢敗屢戰的嘗試之中，我的確曾經成功地進駐某個異性的心房，她也曾經接納過某些追求者掏心掏肺的熾烈。但不知怎的，這些旁生的小小戀愛似乎都注定會以悲劇收場，而我們就會再度碰頭，相互或檢視或嘲笑、或安慰或體諒地扶對方一把。

最後，我們終於明白了一件事：也許，眼前陪著自己成長的這人，才是今生今世注定偕老的那個伴兒。

在我們都意識到這個情況、但卻因爲某種長久相識後反倒生出的矜持而沒有開口言明時，我面臨了人生當中一個重要的抉擇。

○

大學畢業了，我無心繼續待在學校裡頭，所以照理說得要回家參與家族事業的進行；不過那時我已經很確定自個兒不想操持這款營生，所以在退伍之後根本沒回老家，就直接溜到現在居住的這城裡來了。自個兒逃亡似地來到異鄉找工作，悖離了家族，也悖離了她。

這大約是我最後一回背叛自己對她的體悟。

當時我滿胸滿懷充塞的，全是年少的澎湃悲壯。叛出家族後前途茫茫，根本無法給她任何承諾，再說，如果她離開我，其實會有更多更美好的可能；叛離家族的原因關乎機密，既然無法對她言明，那就讓她認爲我無情絕義、二話不說地把我忘了吧！

就在找著房子落腳的隔天，我從外頭應徵工作回來，走上又暗又溼又窄又臭的樓梯，來到自己才租下的小雅房門口，伸手打亮門口那盞昏黃的小燈泡，摸索著鑰匙對正匙眼兒，還沒開門就聽見身後有個什麼聲音。我一回頭，就瞧見她紅腫的兩眼盯著我瞧，在暗黃色的燈光籠罩下顯著一種看不透的妖異美麗——我懷疑自己剛好瞧見她流過淚的眼睛，第一次、也是最後一次：在自小到大的印象裡，她的個性倔強從來沒掉過淚水。

現在想來，我常會覺得自己的腦袋當時一定被包裹在某種成分不明的迷霧裡；她是否眞的哭過？還是我自作多情自命不凡自抬身價，所以才在回憶裡加油添醋自說自話？難道肥皂劇的噁爛劇情眞的會在現實生活裡上演？我眞的曾經那麼像個有理想有抱負的青年嗎？

她的獨立與慧黠，在我把她介紹給兩位大人之後，很快地就讓父母親對她產生了好感；母親對她幾乎無話不談，而父親雖沒那麼熱絡，但也沒有顯出什麼排拒外人的姿態。接下來的幾年，她成了我同家裡偶爾聲息互通時最重要的中間人；母親的吩咐叮囑、父親的健康狀況，我都間接從她的轉述裡一一接收。有時她會輕輕地嘆氣，告訴我，其實父親這人刀子口豆腐心，只要我低下頭道個歉，重回家門絕非難事；我嗤著鼻子冷笑回道，這是因爲妳沒被我父親用各式道具抽過打過。

其實，除了這個原因之外，我很明白：父親無法寬恕的，並不是因爲我翹家所以讓他在親族眼中的光亮蒙了點薄薄惡塵這事兒，而是因爲我打骨子裡背離家族一貫相承的事業，讓他無法向列祖列宗交代、去世之後蠕行向北到底無法面對各個先人的關係。

這麼算起來，她其實已然算是咱的半個家人，甚至可以說，她幾乎可以算是我擁有的唯一家人了——只差那一紙證書，我們就是名正言順的夫婦；但也就是還沒明媒正娶，所以我遲遲沒把家族裡頭先人蠕行的祕密詳實以告。

說眞的，我實在不知道，把這種怪力亂神的事告訴她，會有什麼後果；另外一方面，我也實在不知道，家族裡頭打算如何處理我同她的關係。

可能一，家族裡首開先例地迎進外姓成員（前提是她要能夠了解咱們舌行家族的歷史使命以及葬後的怪異）；雖然就她的資質而言，這個可能性也許存在，不過就我在家族裡的地位看來，這個可能成眞的機率太小。

可能二，我離開家族，同她遠走他鄉；我不確定家族歷史裡有沒有任何一個成員曾經做過同家族完全一刀兩斷的叛離動作，不過我並不想推翻什麼舌頭的特權或者向世人舉發任何家族的祕密，只是很單純地不想操作歷史而已——如果家中長輩能夠相信我的這種說辭、體諒我的這種心情，那麼也許這個可能有天能夠成爲眞實。

說起來父母親的態度也頗爲曖昧：照父親的個性，根本不可能讓我和她發展到現下這款無法收拾的局面才來頭痛，而應該在我倆情愫漸生的那個時期就插手管制，才不至於搞成現在的如此這般。難道，父親可能十分明瞭：愈要管我、我就愈會蠻幹，所以打算放牛吃草靜觀其變？

這的確是父親可能做出的判斷。她的條件橫觀豎看都不是我高攀得上的，或許父親對我信心滿滿，心忖不出多久我就會被她一腳踹開；可惜父親錯估了青梅竹馬打小培養感情的深厚立基，建築在經過時間考驗的礎石上頭，我們的愛情可是穩紮穩打。

再者，父母親大約也沒有料到，她後來居然會成爲我同家族聯繫的唯一臍帶；情況演變成這樣，想要再把她切除到我的生命之外，已經成爲不可能的任務啦。

可能二裡頭還有另外一個極大的問題需要解決：倘若我當眞離開家族，家中長輩絕對不會希望咱們舌頭一族的血脈外流；所以這會衍生出個可能三，就是我同她坦白家族的祕密，而她不但相信、不會讓外界知道，也能支持我離開家族但不打算擁有後代的決定。

把可能性一二三擺在一塊兒比較，可能三大約是最能夠皆大歡喜的選擇；不過她曾對我提過，結婚後想要懷個咱們兩人的愛情結晶，但我根本還沒想到什麼法子可以同她解釋「因爲我的家族有點怪異，所以我們可能沒法子生養小孩」這回事。當然，要讓她明白眞相，最簡單的方法就是眼見爲憑——直接找她去參加家族葬禮，但族裡頭的規定是不許外姓參加，所以雖然還沒結婚，但生養後代的問題已經讓我覺得頭大。是故，就眼下的情況而言，什麼可能一二三全是空話，它們看起來全都還離圓滿解決有很長的一段距離。

況且，我很明白，自己其實不敢告訴她這個事實。

理直氣壯地說出大嬸婆葬後蠕行這檔事兒而被嘲笑，我當時自然是很不服氣；但後來想想，巨人女老師與班上同學鬨然嘲弄的反應，其實都很正常。她和我相戀很久、相識更久，但到底能不能接受這種荒誕的事實？我還是沒有半點兒把握。

時間不等人。這些年於是在我的不知所措及父母親有意無意的縱容中過去。自轉學事件發生後就沒同任何一個外姓人說過的事兒，我還是沒有對這個可能變成同姓人的伴侶言明。

壹・捌

「嘿，小鬼，你在想什麼啊？」

爺爺的聲音打斷了我的回憶，意識在剎那間被拉回此時此刻的現實裡。我支吾了幾聲，囁嚅地交代了一些關於女友的種種，爺爺的表情亮了起來，所有的皺紋全笑成一個錯縱複雜的圖案，「所以你打算娶個外姓女子？」

「嗯。」我縮著脖子點點頭。雖然我很少聽家族成員提起爺爺，但能生出像父親這款對家族宗旨全然效忠、對家族事業全心投入的狂熱分子，爺爺想來就算不是家族裡頭的狠角色，也不會是個聽到兒孫要同外姓人氏論及婚嫁還點頭讚好的長輩；雖然如此，我還是選擇同爺爺實話實說，反正這事兒父母親也全知道，沒什麼理由要向爺爺隱瞞。

再說，我的心裡剛萌生了一種隱隱的疑惑：就爺爺提及父親的態度，似乎對家族事業頗不以爲然。雖然不敢確定，但我卻想用自己不怎麼服從家族規矩的叛逆行爲，來看看爺爺會有什麼反應。

原來以爲就算不被教訓一頓，身爲族中長輩的爺爺至少也會勸我三思而後行；不料爺爺聽到了這種家醜等級的消息，倒像很是開心，這眞是讓我不知如何因應。

「好，好……」爺爺的稱讚聽起來有點兒像在嘆息，「爺爺果然沒有看錯你。」

這讚許經過我的耳蝸傳到大腦裡頭，只能解譯出「莫名其妙」四個字兒；我沒敢說話，看著爺爺自顧自地從那張吃裡扒外的躺椅上站起身來，在我的小套房裡兜了幾圈，一會兒拉開我的抽屜，一會兒把我胡亂擠在小書櫃裡的書籍全都拉拔出來，一會兒把我的桌子底椅子下全都摸過一遍，一會兒打開我的衣櫥，看樣子是打算把裡頭的衣服全掏出來。

爺爺讚完好之後啥都沒說讓我不知如何是好，不過對他這個打一進我房門兒（正確地說，他是從窗戶進來的）就開始的翻箱倒櫃動作，我倒是好奇得很；再加上衣櫥裡頭其實有些她的貼身衣物，雖然說現在思想開放觀念新潮，但讓家中長輩翻出衣櫥裡頭女友的內褲胸罩，總還是有點兒彆扭。「爺爺，」我清清喉嚨，伸著頸子問道，「您從剛才一進房間就翻翻撿撿，在找什麼啊？」

這個問句出口之後，我才發現自個兒在短短時間裡已經積累了一串問題想請教爺爺；第一個問句就像個堵著我喉嚨眼兒的塞子，把它順利地推出口腔之後，其他的問句於是爭先恐後自動自發地流了出來：「爺爺當年爲什麼要來向我道別？這麼些年您到哪兒去了、都在做些什麼呢？爲什麼家族記載上您已經過世了？您打哪兒學來的誇張武功？您方才爲什麼要問我相不相信家族裡向北蠕行的說辭？您來找我爲什麼不從大門進來要從防火巷裡攀牆過窗？爲什麼您聽到我打算娶個外姓女子卻一點兒也不生氣？爲什麼……」

在我嘰哩呱啦地差點說完十萬個爲什麼之前，爺爺就已經揮揮手阻擋了用疑問句型組成的滾滾洪流：「小鬼，你這些問題，爺爺會一個個兒地解釋給你聽；不過，爺爺需要你陪我到外頭去走走。」

「去外頭走走？」我糾起眉心在前額正中打了個問號，「爺爺，您要同我說這些，應該在這兒說就可以了吧？到外頭去做啥？」

「在你這兒說？」爺爺頓了一下，看看一目了然的小套房四面牆壁，「我擔心不夠安全。」

「怎麼個不夠安全法？」我還是不明白。

爺爺聳聳肩，「我擔心這兒會被安裝監視器材。」

○

有那麼幾分之幾秒，我以爲爺爺是在開玩笑。

在我還沒能反應過來這句話的笑點究竟在哪兒、然後依此將嘴咧開合宜的寬度前，爺爺的表情就硬生生把我還沒出口的幾聲「哈哈」給封在嘴巴裡了。爺爺的眉毛眼睛鬍子嘴角，以及臉上的每一道皺紋，聯合起來向我傳遞了一個堅定、簡單、不應該被質疑的句點。

不。爺爺不是在開玩笑。

但，我的房間裡有監視器材？這實在太荒唐了！我既不是達官貴人、也不是影視紅星，更別提身材極差沒有賣相這種血淋淋的事實；接觸不了什麼機密檔案、經手不了什麼高額鉅款，生活起居無趣到底，這等身材也不怎麼上相沒法子變成小電影裡的猛男壯漢——到底在我房間裡裝監視器材有什麼意義？說不通嘛，就像外星人和古代大俠夾手夾腳地打起來一樣胡說八道。

咦？難道是某個對我的女友痴心一片深情難了、最後演化成變態偷窺狂的傢伙，跟蹤她到我這兒來，然後趁我們都不在時裝的？不對不對，我搖搖頭，自個兒把這個推論踹到腦袋外頭去：如果眞的是她的窺淫仰慕者，那麼入侵裝設監看偷窺用具的地點，應該是她居住的那個單位；再說，就算這位老兄當眞「愛烏及屋」地把寒舍也列為窺探對象，爺爺也不大可能猜想得到——畢竟，爺爺剛剛才知道關於她和我之間的一點點兒訊息，所以很明顯的，爺爺一進這房間就開始進行的翻找動作，不可能同她扯上關係。

那麼，到底是爲了什麼原因，爺爺會認爲我的房間裡有針孔攝影機，或者像間諜電影裡那種隨手一貼就黏在桌底的監聽麥克風？

「我知道你想問個明白，」爺爺嘆了口氣，「不過我待會兒會一併同你解釋清楚，現下你就先稍安毋躁吧。」

唔，好吧。我想問的爲什麼反正已經排成了一列長長的縱隊，多添一樁也沒什麼大不了的，只是這衣櫥……「爺爺，」我在心裡琢磨了一會兒，決定實話實說，「衣櫥裡有些女友的衣物，您還是甭找那兒了吧？」

爺爺愣了一會兒，回頭衝我咧開了嘴，「難為情啦，小鬼？」我尷尬地點點頭，爺爺倒也沒堅持，隨手關上了衣櫥的門。

我鬆了口氣，在一旁坐下，看著爺爺手腳利索地繼續翻東找西，突然想到一種帶著神經質笑點的可能性：也許爺爺這幾年練功之後走火入魔，所以講話有點兒顛三倒四，如此一來，我的那一大群「為什麼」就會自動灰飛煙滅，反正這一切全是老人家的胡扯亂云。

我知道自己心裡頭會這麼想，其實是隱隱約約有種擔心；爺爺似乎打算對我揭露某個重大的祕密，而這個祕密會把我自小到大習以為常的生活整個兒翻覆。我並不希望爺爺真的是因為走火入魔或者老人痴呆一類的毛病，才有這一連串的怪異演出，但我也不確定自己是不是真的想要知道這個機密的內容。

終於，爺爺停下了檢查的動作，看樣子是沒有找到任何的監視設備；我半放心半擔心地問，「爺爺，您找到什麼了嗎？」

爺爺皺著眉搖著頭，「沒有。怪了，我居然是雞蛋殼兒上頭找縫——白費了心，不應該沒有呀；小鬼，」他轉向我，問道，「你這幾年沒幹家族裡世代傳承的行當對不？那你都在做什麼？」

我向爺爺解釋自己在八卦雜誌社裡頭上班的內容，那些拿著三兩隻雞爪子就要燉出一鍋人參雞的工作流程；爺爺一邊聽，一邊哈哈地笑幾聲，在我說完後才重新鎖住眉頭，「難道他們會因爲如此就放過你嗎？」

看來我的「爲什麼」部隊又加入了新的成員：「他們」？「他們」是誰啊？不過這回我很乖巧地憋住沒有發問。

爺爺又用視線掃射了我的套房一輪，想了想，然後下定決心地道，「雖然我沒有找到什麼，但我還是要把你帶出去。」

○

陪爺爺出去走走不是問題；但不知怎的，一宿沒睡所堆積出來的疲憊，似乎在聽到爺爺決議的刹那間全壓上了我的肩膀。葬禮結束、我開車回到這裡時原來還打算要整裝上班，接到她硬要我請假的電話時，我還覺得不怎麼高興呢，這時衝上來的疲倦卻讓我打心底感謝起她來了——倘若我眞的去上班了，八成會因爲精神恍惚而捅出一堆樓子。

「怎麼啦？」瞧我沒什麼動作，爺爺問道，「陪二十年不見的爺爺走走路，有這麼難過嗎？」

「不是的，爺爺；」我虛弱地搖著手，「我很樂意陪您出外散散步，不過我昨晚參加了父親的葬禮，一宿沒睡，現在覺得挺累；而且，我也不明白爲啥我們一定得要到外頭去才能說話。」

爺爺把嘴湊近我的耳朵，「因爲我要告訴你一樁同咱們家族有關的事兒，這事兒不能被別人知道。」

房間裡頭除了咱們爺倆，哪來的別人？我突然想清楚，爺爺還是在擔心監聽問題；一方面是因爲疲累，一方面是覺得自己應該配合爺爺的神祕態度，所以我回話的音量也調整成一種鬼鬼祟祟的氣聲，「但是爺爺，您剛什麼都沒找到呀。」

「雖然什麼都沒找著，但我認爲不可掉以輕心，」爺爺小心地回答，「再說，葬禮我也參加了，現在不還是生龍活虎？小鬼不要想耍賴偷懶，快起來！」

這說得倒是。我雙眼一睜，又替排隊等候解答的「爲什麼」們增加了新的兄弟：爺爺如果當眞也出席了葬禮，那他是怎麼在南北之間行進的？難道除了壁虎遊牆之外，爺爺還學會了一縱數百里的輕功？

爺爺伸出手來一把拽起我的胳臂，我於是不由自主地站了起來。好吧，看來不把我拉出這個房間，爺爺是不會罷手的；我看開了，順從地問，「是的，爺爺。您說咱們上哪兒去？」

「要上哪兒去，你同我出去了就知道；」爺爺的聲音恢復了正常的音量，我早料到他會用這款根本不夠資格算是答案的答案來壓制我的發問，於是也沒打算再問下去，逕自搖搖晃晃地走向門口，不料卻又被爺爺給叫住，「小鬼，等等。」

我轉過身來，「什麼事啊，爺爺？」

「你這小鬼一點兒規矩也沒有，」爺爺指著我的下半身，我突然覺得雙腿之間一陣陰涼，「打算光著屁股去看戲嗎？小鬼頭眞不知羞。要出門之前，好歹也先穿條褲頭兒嘛。」

啊。爺爺這麼一提，我才發現自個兒身上還是原來打算在折疊躺椅上頭小憩片刻時套上的破T恤和內褲，趕忙把爺爺剛闔上的衣櫥大門再度拉開，探到裡頭翻找衣物；爺爺似笑非笑地站在我身後，還不忘出聲指點，「穿得輕便點兒，不要拿太新的衣服，我們不是要去出席豪門夜宴。皮夾鑰匙什麼的都甭帶啦，跟著爺爺來就是了。」

不帶皮夾就算了，怎麼能不帶鑰匙？我轉身面對爺爺，「爺爺，鑰匙不能不帶呀，咱們出門我得用鑰匙上鎖，散夠步了回家也得靠它們開門哩。」

「要是咱們這回要經過這門出入，那你自然得帶著鑰匙，」爺爺用一種滿不在乎的語氣回答，「不過咱們既然不從大門出入，你帶著鑰匙要做啥？」

「不從大門出入，」我問，「那咱們打哪兒出去？」

爺爺沒有說話，只是歪了歪下巴指向方才被我劃了個洞的紗窗。

望著那片被風吹得顫顫巍巍的紗網，一股莫名而強大的暈眩倏地衝上我的腦門。

貳

貳・零

我和爺爺在一棟棟高樓的陰影裡疾走。爺爺氣定神閒，我氣喘吁吁。

爺爺的行走速度極快；雖然不是武俠小說裡那種一縱十數丈、日行千百里的輕功，只是看起來平平實實地挪移雙腳如常人般走動，但不知怎的，無論我如何加快腳步，爺爺總是一派輕鬆地與我保持著固定的距離，偶爾還會回頭看看，用半揶揄半鼓勵的表情，要我快點兒跟上。

我想起小學那回在學校裡惹出麻煩，父母親到教職員辦公室把我領回家的情形。在巨人女老師面前笑容可掬的父親，在出了校門之後並沒有馬上對我發作，而是自顧自地大步走在前頭；母親微微喘著氣，跟在父親的身後，而我則半跑半走、大惑不解地落在隊伍的末端，盡力想要趕上前面的兩個大人。當時的我還搞不清楚舌行家族的歷史任務與獨特使命，更不知道原來我們家族的生活，必須觸及這個世界不為人知的內裡，只是單純地不明白，自己明明沒有犯錯，為何會從父親的肢體動作裡解讀出濃烈的怒意？

彼時彼刻的場景與此時此地的狀況，相同的元素其實只有我；但這種恍如重播的疾行情節卻同樣導出了我的惶恐與無助，由不知名但必須面對的未知所組成。似乎我這幾年的成長過程，在勉力追上爺爺腳步的過程裡快速地倒帶，把我從一個三十歲的成年人變回一個六歲的小毛頭，在不自覺的時候已經闖了大禍。

我揮著汗皺著眉看著爺爺的背影，覺得有點兒頭暈。除了因爲一宿沒睡空腹競走讓我兩腿發軟之外，方才爺爺領著我離開住處的方式也讓我的腦袋塞滿了不可思議。

爺爺在檢查完了我的小小套房後，不知怎的心血來潮地要我陪他到外頭散散步（雖然以目前的狀況看來，其實比較像把我找出來做體能訓練），而且不讓我從大門離開，示意我跟著他從窗口出去。

出入自己住處，居然得像個偷兒似地鑽窗洞，這可是讓我大大地不以爲然；再說，我從小就不是那種喜歡拿攀爬樹木當遊戲的孩子，套房又在公寓的七樓，從窗口出門去散步，聽起來就像是神經有問題的傢伙才會想到的不要命舉動。

爺爺站在那片被風吹得獵獵作響的紗窗旁邊，回頭對我說：「小鬼，我知道你沒法子像爺爺一樣順當地從這兒離開，來吧，爺爺背你。」

我瞪大眼睛雙手亂搖，「爺爺，這可使不得。」

爺爺呸了一聲，「小鬼，怕什麼？難道信不過爺爺，怕爺爺不小心把你給摔下去？這把戲對爺爺來講是老廚師熬粥，難不住我啦！」

「這倒不是，」我急急地解釋，「只是，我這麼大個人了，還要爺爺背著，豈不笑話？咱們爲什麼不走大門呢？」

「雖然我在你這房裡沒找到什麼監視設備，」爺爺理所當然地說，「但不代表這屋子裡的其他地方沒藏著什麼不該有的玩意兒；想避免隔牆有耳，就要處處留神，再怎麼小心也不爲過。再說，」爺爺笑了笑，「你長得再怎麼大，終究還是我的孫子，讓爺爺背你一程，有什麼好害臊的？」

「但是，」我還想辯駁，爺爺卻沒理會我，望向窗外繼續說道，「你這窗子的外頭面對著隔鄰大樓的防火巷，雖然朝東，但大部分的陽光會被那棟大樓擋住，咱們只要在陰影裡移動，就不至於惹人注目。」

我抓住機會，反駁爺爺，「您剛說的沒錯，這窗子正對著隔壁的大樓，那倘若我們從這裡出去，怎麼可能不引起對面住戶們的注意？」

「你瞧，」爺爺朝窗外一指，「現在這個時間，大家夥兒上班的上班、上學的上學，那棟大樓朝這面的窗戶全是關著的，你甭擔心。」

「這……」我皺著眉，情急之下又想出了一個阻止爺爺的論點，「也許您不知道，在防火巷口，有個社區住戶合資裝置的監視器，咱們從防火巷進出，一定會被監視錄影器給拍下來的。」

「那玩意兒啊，」爺爺慢條斯理地道，「我來的時候就看到了；你以爲爺爺老糊塗了嗎？爺爺早就順手把它的訊號線給拉掉啦。走吧，小鬼；相信爺爺，這裡是最安全的出入口啦。」

啥？

○

七層樓想起來半高不高，但跨到窗外時的感覺卻與地面相去甚遠。爺爺也許是發覺我夾著他腰際的兩條腿抖得厲害，於是向下攀爬的態度穩紮穩打，十分謹慎，直到我們兩人全都站上地面、爺爺開始領路前進時，才顯露出他的快捷身手；而等到我雙腳落地，才想起自己居然忘了仔細觀察爺爺是如何施展壁虎特技的。

一方面因為我氣喘得厲害，一方面因為爺爺講明了要到達目的地，他才會一一解答我方才在住處裡頭問的一大堆「為什麼」，所以我一路上沒再說話，只顧著抬起腳步追逐爺爺敏捷得不像話的行走速度。

爺爺領著我，鑽進一道接著一道的狹小巷弄，藏頭縮尾地，要是來兩盞圓圓的聚光燈打在我倆身上，爺爺和我看起來大約就同卡通影片裡要越獄的笨賊沒什麼兩樣。爺爺胸有成竹地在前頭領路，左鑽進一條小甬道，右拐進一個防火巷，似乎整個城市的紋理已經被他摸得一清二楚；可是我雖然在這城工作了幾年，卻只記得幾條大道兒，爺爺這麼一搞，把我轉得頭昏腦脹，早就忘了東南西北各自應該指往哪個方向。

走了一陣，我開始發覺這個精品專櫃隨處可見、物價水平絕不親切的光鮮都市裡頭，其實還有許多出乎意外的巷弄景致：大廈背面還留著老厝的一壁簷瓦，舊牆後頭居然看得到半掩古井，廢棄的招牌倚在封死的後門旁邊，無言地昭告這棟房子原來的身分，而生鏽的鐵櫃底下，有幾朵不知名的小花一派自得其樂地綻放。

再鑽過幾條小道兒，巷弄的風光變得有點兒不同：有幾堆散著氣味的固體看得出來是動物糞便（是貓屎狗屎還是有人窩在這裡隨地大解？我倒是沒有研究），有幾窪淺淺的液體（是冷氣機運轉時漏下的水滴還是某些動物在此便溺？這我也沒能好好注意），有幾攤怪異液面上浮著不成形狀況的七彩碎末（這個倒是很明顯——有幾個醉鬼喝多了在這裡嘔出剛花錢買來吃喝的東西），還有幾個油膩委頓的保險套（這自然也不是別的動物會使用的玩意兒）。如此景況開始讓我生出一種感覺，似乎自己扒開了這個高度商業化城市的亮麗外衣，正在翻耙她不爲人知的尷尬皮癬。

散著異味的淺薄泥濘上頭蓋著綠得發亮的青苔地衣，一不留神就會滑腳；泥屑塵土慢慢地覆上我的褲管，要是被人瞧見一定會以爲我剛剛晨起登山。偶爾會有幾縷天光曲折透進我們身處的陰冷暗影裡頭，告訴我天色已然大亮；我瞧瞧泛著一圈白的手腕，發現自己匆忙出門忘了戴錶，根本不知道我已經同爺爺走了多久。

我們從一棟大廈的角落閃出來，依舊維持著躲躲藏藏的毛賊姿態，飛快地把自己隱到另一棟大樓的防火巷裡頭。就在兩幢巨大建築的中間我因著剎那間的光亮，看見自己居然已經尾隨爺爺橫過半個城市，走到我上班的八卦雜誌社附近。

沒錯。我想起公司附近正是個燈紅酒綠的街區，招牌上明白寫著pub、Lounge Bar，或者霓虹燈管亮著什麼護膚中心休閒俱樂部之類的神奇店面，全擠在這個區域。這解釋了爲何我會在巷弄裡看見那麼多脫離腸胃及性器官之後被棄置在地面的東西，也顯示那些穿著入時出手闊綽的男女，在離開夜店後表現出來的眞實。

就這麼一閃神，我再轉回頭想找尋爺爺的蹤影繼續潛行的時候，才發現自個兒前頭半個人影兒都沒有。

怪了。我四下環顧，除了我、一隻瘦貓和排水管底下壓著的幾株不知名雜草，這道小小窄窄溼溼暗暗的巷子裡已經看不到別的活物。我轉了一圈把四面八方都瞧了個仔細，愈轉愈是懷疑。等我轉足了三百六十度回到定位，突然發現爺爺閃著光亮的炯炯眼神，就在我面前一言不發地瞪著我，嚇得我倒退三步，腳跟被一塊凸起的水泥角子跘了一下，差點沒跌坐到淤泥裡去。

我喘了幾口氣定定神，問：「爺爺，您剛哪兒去了？」

爺爺沒答話，只是抬起眼睛向上斜了斜眼神。

順著爺爺的眼光往上看，只見凹凸不平爬布著迂迴管線的大樓外牆直向天空指去。

○

我認出了這棟大廈。

幾年前的大地震，震垮了好幾幢驕傲矗立的大樓，也讓好幾棟雖然還勉強站立的高樓牆面出現了深深淺淺的裂縫。

震災過後，相關單位四處評估，一面計算著救災重建行動會耗用的稅金，一面把那些站得歪歪斜斜的大廈列爲危樓，在樓房四周圍起封鎖條，打算將它們逐一拆除。

過了這麼些年，有些建築已經被拆了個乾淨，在原地另起了更高、更雄偉、更富麗堂皇也更昂貴的新樓，有些建物雖然被拆解殆盡，卻還留下一方廢墟，周遭也許架上了波浪鐵板，卻沒看見任何的重建工程。

也有些高樓莫名其妙還留著。

杵在公司附近的這棟樓就是如此，以不自然的站姿又撐了幾年，卻似乎已經沒人記得要替它想想法子。

「小鬼，」爺爺朝著大樓歪歪脖子，「到啦。」

「您說，」我問，「咱們就在這裡談？」

「有屋子當然進屋子談啦，」爺爺理所當然地說，「難道你喜歡這些巷子裡頭的味道？」

我搖頭否認，「當然不是啦；不過，這樓的大門不在這裡，而在另外一頭呢。」

「別再想什麼大門小門啦，」爺爺皺起眉，有點兒不耐煩地道，「你忘了我同你講過的監視系統問題嗎？咱們不能從大門進去，得從這兒爬進去。」

我抬頭看看牆，發現這面牆上連扇窗戶都沒有，也沒有防火梯之類的設備，要怎麼爬進去？心念一轉，我突然明白爺爺又要表演他的壁虎招數，連忙搖手，「爺爺，這牆沒窗，就算您又想飛簷走壁，這兒也沒地方可以進去；咱們另外找個地方吧？」

「沒錯，」爺爺點點頭，豎起手指，「這巷子夾在兩棟大樓當中，有趣的是兩棟大樓相互面對的牆壁全沒安窗洞，正好不會讓咱們的行蹤曝光。你不用擔心該怎麼進去，頂樓附近有個缺口，爺爺我就是從那兒進出的，安全得很。」

安全？我的公寓不過七樓，就已經把我給嚇得六神無主；這樓大概有二十層，足足是我那居住單位的三倍高，我可一點兒都不覺得安全。

爺爺蹲好馬步，擺出架式，「來吧，別扭扭捏捏了，又不是大姑娘要上花轎；爺爺背你上去。」

我憂鬱地瞪著高牆，它看來普普通通，同其他建築的壁面一樣清白無辜，完全不知道自己在我眼中有多麼恐怖。

不成，玩命兒的事一天做一次就夠啦；我在心裡頭翻來覆去地琢磨字句，想找個理由說服爺爺別找我一起表演中國功夫：「您這提議我不大放心，不如這樣，呃？」

我話還哽在喉頭，爺爺已經長著手臂抓起我的肩頭，把我像隻猴兒似地往背上一放，我還沒回過神來，雙臂已經自動箍緊了爺爺細瘦的脖子，接著自個兒只覺得身子一彈，往下一看，我已經隨著爺爺的一個縱躍離地而起一層樓高。爺爺輕巧地落在牆上，雙手雙腳都著落在某些個我看不出來的定點上頭，把自己穩穩地固定著。「抓好囉，」爺爺頭也沒回地向我拋來這句話；我剛想出聲，提起的一口氣突然窒在喉嚨眼上。

爺爺四肢並用，快速地向看來遙不可及的樓頂攀去。

貳・壹

「小鬼，」爺爺坐在牆根兒舒舒服服地靠著漆皮斑駁灰泥剝落的壁板，問我：「這些年來，你對咱們家族事業的究竟，到底了解了多少？」

「該了解的都了解了啦！」我想要來句沒好氣的答案，不過這話只在心裡頭轉轉，沒有眞的說出口。一方面自然是這種回話從晚輩嘴裡說出來，對長輩實在不夠禮貌，另一方面是我在自個兒住處拿家族企業試探爺爺的時候，不是已然談過這回事兒了嗎？難道是爺爺老糊塗了，把我的話過耳即忘？

再者，現在我雖然坐在爺爺對面，但在爺爺問話時卻只困難地抬頭看了看爺爺，緊接著就馬上把腦袋埋回兩膝當中——做這動作的理由很簡單，因爲我覺得自己那團安在顱腔裡的腦袋，這會兒正自顧自開心地滴溜溜旋轉，希望把腦袋放低，可以止住我的頭暈目眩。二十樓實在太高，爺爺攀到中途，我就已經覺得腦袋發脹、兩耳嗡嗡作響；加上這棟危樓的地板似乎歪斜了一個角度，讓我一點兒都沒有腳踏實地的感覺。

我聽見爺爺站起身走了幾步，接著是鋁窗被不怎麼順當地咯啷咯啷拉開；一陣涼風像等待召喚似地灌了進來，我全身是汗馬上感應到冷打了個抖，精神倒是覺得清爽了些。

爺爺走到我的身邊拍拍我的背；明明自個兒的胃腸空空如也，但爺爺這麼一拍，居然也讓我打了個虛無的酸嗝，想來是因為肚腹裡吸飽了墓地裡的森冷沉鬱。接著我胸口一窒嘴口一張，一股臭氣打五腑六臟經喉頭衝了出來。

「我知道你一個人在異地生活不容易，」爺爺回到原來的位置坐了下來：「不過健康狀況這麼糟也太不像話啦。不是才一宿沒睡嗎？精神怎麼就這麼差？那些墓區穢氣咳出來之後，是不是覺得好多啦？」

雜誌截稿前熬幾天夜其實算是這行裡頭的家常便飯，所以一宿沒睡也許不是主要的問題，空腹競走和突如其來的攀岩體驗應該才是真正讓我頭昏作嘔的主因，可惜爺爺似乎沒有意識到這些與他脫不了干係的因素，只是搖搖頭又道，「你們這些小輩兒老是不知天高地厚；參加了葬禮回來大概也沒做什麼驅邪除穢的措施，墓地的鬼氣不嘔出來，不是棉花塞鼻孔——憋得難受嗎？不然，你就請天假好好休息一下嘛，看看你現在的狀況，可同小時候健健康康的模樣大不相同囉。」

「謝謝爺爺。」我擦擦嘴角，嚥了口唾沫，心想我本來是打算休息一天沒錯，後來硬把我從住處拉到這兒來的可是爺爺您呢；再說，原來爺爺還是看得清清楚楚的嘛，剛剛說我什麼又高又壯，眞是睜眼瞎話。

「爺爺，您不知道，」我清清喉嚨，開口道，「請天假得扣好多薪水哩。」

「爲了那些錢把身子搞壞了，値得嗎？」爺爺橫眉豎目地瞪著我。

我沒敢回嘴，心想，在現今資本主義社會存活，鈔票當然極端重要，爺爺會這麼灑脫，分明是沒吃過缺錢的虧。想到這兒，我憶起不久前我同爺爺穿街走巷、最後到達他這個落腳處的經過，突然發現，也許爺爺的生活根本不用花到半毛錢——有這種來去自如的功夫，要偷進什麼金庫要塞也許還得別的輔助，但要去摸些生活必需品之類的東西大概是不費吹灰之力。

咦？難道爺爺在這幾年成了來無影去無蹤的神偷大盜之類人物？管區派出所裡壓著的那一大疊尙未偵破的竊案，不知道同爺爺有沒有關係？

我晃晃腦袋，中止心裡頭自動開始運作的八卦編輯本能，開始觀察起爺爺這個棲身之處。

這棟危樓歪了梁柱斜了地板，牆壁和天花板像癩皮狗一樣襤褸，不知道是哪回的巨震就把它搞成這樣，還是後來的幾回地震也幫了忙？現下我同爺爺身處的這個樓層，四處都是厚厚的灰塵，牆上看得見裸露的管路，天花板的角落扎著幾條電線，歪七扭八地向下張牙舞爪，大概是原來裝置監視器的地方；本來在大樓裡的住戶和行號都已經遷離，能拆能搬的設備也都已經清空了，只剩某種大型機具似乎還在運轉，靜下心來，就可以聽到低沉的嗡嗡聲響。

這種遇震就糟的建物自然是包商偷工減料的漂亮成果，既然被鑑定貼上了危樓標籤，就表示只有天知道這個爛結構什麼時候會垮，爲什麼理當該找個時間動手、直接拆了讓它塵歸塵土歸土的相關單位，一直沒有動作呢？想來是地震新聞降溫了的緣故吧？

但爲什麼爺爺會選擇這棟沒看到有誰來拆，也沒看到有人敢住的危樓落腳呢？我想了想，恍然大悟地了解，因爲這樣的樓裡絕對不會有監視系統，爺爺也就不需要藏藏躲躲；但難道他不怕危險嗎？我現下才想到這個問題，先是覺得自己的腦筋亂轉想事情老沒抓到重點，轉念一想又認爲這一定是我的下意識已然判定擔這種心完全是杞人憂天沒事找事——在看過爺爺的功夫之後，我已經在心裡頭認定，不管發生什麼狀況，爺爺絕對都有足夠的能力可以應付。

不對勁兒啊。我想起爺爺方才認定我的套房裡被安裝了監視器材，那他大大方方地在我房裡同我說話，不就已經露了行蹤嗎？

「爺爺，」我開口發問，「您剛剛擔心我的住處有監視器材，所以要我同您出來；但您都已經在我房裡現身啦，眞有監視器材的話，您早就被您所謂的『他們』給發現啦，我們何必還走這一趟？」

「精神恢復啦？」爺爺看著我笑了笑，「這問題你居然現在才想到？告訴你，爺爺不怎麼擔心自己會不會被發現的問題，一則是因爲在你房裡還眞的沒找出什麼東西，二則是憑我現在的身手，他們想抓我，可能沒有那麼容易。把你找出來，主要是不希望我待會兒要同你說的事兒，被他們給聽見——事實上，這件事情，我不希望除了你我之外的任何人聽見。」

「所以，您特地找了棟沒有安裝監視器材的大樓來落腳？」我用一種聰明晚輩討好的態度發問。

「這層樓沒有監視器材，」爺爺指了指天花板角落那叢電線，「但這棟樓裡的別的樓層還有。靜心點兒聽，你就聽得出來這大廈還沒被斷水斷電，想必是他們沒有完全放棄這個監看點，在某些樓層還留著原來的布線。」

又是「他們」？「『他們』究竟是誰呢？」我問。

爺爺擺擺手，「讓爺爺從頭講起。」

○

「也許你知道，不過我猜我那個蠢兒子應該不會這麼告訴你：」爺爺背著雙手，踱起步來，「其實我一直很討厭咱們的家族事業。」

「哦？」我睜大眼睛，突然覺得有趣了起來——這同父親偶爾向我提及的、關於爺爺的過往事蹟，版本可是大不相同。

「小鬼，」爺爺低著頭看看我，「你剛剛已經告訴爺爺這幾年來你做的事兒；爺爺對你的工作內容沒多大興趣——老實說，你要真有編派故事的本事，那與其像現在這樣搞些蜚短流長，還不如去寫小說自娛娛人。不過，你這工作擺明了在嘲諷自家事業——很明顯的，你同爺爺一樣，不喜歡幹咱們家裡頭世代傳承的營生。」

我點點頭，爺爺繼續說道，「原來我還是依著家族的規矩做事，說實在話，我做得還不壞。」

「父親有時候會向我提到爺爺，」我答腔，「內容大都是爺爺在咱們家族事業裡頭有多麼了不得的成績。您知道，父親在這方面可是傲視群倫，想當然耳爺爺您自然就變得十分傳奇。」

爺爺哼哼地笑了幾聲，「那是你老子騙你的。在他小的時候，我的確還在操持家族事業，不過我的心態有點兒可有可無，成績自然也只是平平，幹起事兒來像麵湯洗臉、糊裡糊塗，離『傳奇』兩字兒還遠得很。」

「那時我常在想，」爺爺又踱起步來，「要是咱們這些舌頭不要操弄歷史，那現在會是什麼局面？如果咱們不去矯飾、不去修正、不去潤澤、不去溼漉漉地舔進事實排出文字，咱們的生活會有什麼不同？說不定咱們不這麼幹，會有別人這麼幹？說不定沒有咱們插手，政治這東西反而會變得更混亂、更骯髒？」

我聳聳肩頭，爺爺自顧自地繼續，「這些問題沒有答案，畢竟咱們家族已經搞了幾千年；我想這些也只是好玩而已，它們太不切實際了，想想便罷，就算要當眞，也根本沒有著力點可以去『當眞』。」

「我真正感興趣的，」爺爺停下腳步，在我的面前屈腿蹲下，「是咱們家族裡的祕密。」

「祕密？」我問，「什麼祕密？」

「傻小鬼，」爺爺眨眨眼，回道：「咱們家裡頭最大的祕密，當然就是葬後蠕行這碼事兒了。」

「所以……」我興奮但遲疑地問，「爺爺您這幾年，已經解開這個祕密了？」

「我的確探知了一些關於葬後蠕行的內情，但嚴格說來……」爺爺搖搖頭，「沒有。」

○

我一下子洩了氣；本來以爲爺爺可以提供一個迥異於家族內部官方說法的解釋，不料爺爺講了半天還是沒能解開關於葬後蠕行的內幕，那麼到底爺爺這麼神神祕祕的是爲什麼？我又爲什麼得爲了這種答案忍受一場城市競走加特技爬牆的勞頓？

「我一直想知道，」爺爺沒理會我顯而易見的失望表情，重新站起身來，「家裡的親族爲什麼要在百年之後又從墓穴裡頭蹦出來蠕動北行？爲什麼我們得眞像條沒手沒腳的舌頭似地在地上扭曲前進？咱們宗族一路蠕行向北的祖先們最後到哪兒去了呢？我打定主意要在家族裡頭有人過世之後悄悄地跟上去瞧個究竟，可惜葬禮前後整個家族都會聚在一塊兒，我沒法子獨自開溜跟蹤。」

「這個念頭一直沒能付諸行動，於是就這麼擱了下來；年復一年，我依舊做著咱們家族歷代從事的骯髒活兒，還是沒能知道探探這祕密的內裡。」爺爺頓了頓，續道，「直到那回三妹的葬禮。」

爺爺口中的三妹，自然就是我的三嬸婆啦；根據記憶，三嬸婆比爺爺還早過世——唔，爺爺說他其實沒有過世，不過要是以葬禮的順序來看，三嬸婆的葬禮是爺爺的前一場，也就是我參加過的第三場家族葬禮。

「小鬼，」爺爺道，「如果你有點兒印象，也許會記得在你三嬸婆下葬之後，有很長一段時間沒再看到爺爺，對不？」

我點頭答是，爺爺解釋，「那就是因為我跟著你三嬸婆北行去啦。」

「跟蹤蠕行？哇！」我張大嘴巴，問，「您發現了什麼？」跟著先人北行，可是家族裡的大忌，沒想到爺爺在幾十年前就這麼做過了，我不禁感覺到一種破壞規矩的快意。

「唔，」爺爺長長地吐了口氣，「我的確發現了一些事兒。那回的跟蹤沒能解開葬後蠕行的祕密，但卻也讓我獲得了一些意外的發現。這些發現搞得我心裡頭像是小貓喝燒酒——十分彆扭，於是決定要離開家族，不再攪和在那些祖傳的事業上頭了。」

叛離家族？我睜大眼睛，覺得自己對爺爺的崇拜像小時候發高燒時直往上竄的體溫計血紅色水銀柱，向上衝啊衝地幾乎要撞出頭頂。雖然爺爺講得輕描淡寫，但這件事情其實轟轟烈烈而且光明正大，比我這種夾頭縮尾一個人溜到異地生活，後來還是經由女友和家人保持聯絡的手段漂亮太多了。

「原來我也沒打算用這麼決絕的手段，」大概是因爲我的兩眼放亮，所以爺爺打算安撫一下我沸騰的熱血，「我同族裡的長輩談過，可惜沒人聽得進我的話；也許，像你這種沒什麼目的、只是單純地不想介入咱們氏族行當的心態，才有可能平和一點兒地離開，不用同我一般地出此下策。血緣終究有種斬不斷的牽扯力量，回想起來，爺爺當年其實有點兒魯莽。」

「別這麼說，」我安慰爺爺，「我覺得您的作爲很了不起呀！」

「了不起？」爺爺瞪圓了眼睛，聲音大了起來：「眞的了不起嗎？我離開之後，你老子就告訴你說我死了，這樣很了不起嗎？我到底教了他什麼，把他的腦子教得這麼冥頑不化？他是我兒子，居然不敢告訴我孫子他老子幹了什麼事兒，我這個做爺爺的，到底哪裡了不起了？」

我沉默了下來，想不出什麼詞兒來應對。

爺爺的話語解答了「爲什麼父親及族中長老口徑一致地說爺爺已經過世」這個問題；我發高燒的那個晚上，應該根本沒有舉行什麼葬禮，只是族人把這事兒當成家族的污點，一直以來都說服自己相信族中長老與父親的版本。

但是……爺爺這幾年，到底到哪兒去了呢？

貳・貳

過了會兒，爺爺長長地吸吐了幾口氣，用平緩的聲調開口，「小鬼，你剛還沒回答爺爺的問話：這些年來，你對咱們家族事業的究竟，到底了解了多少？」

「爺爺，」我困惑地回問，「這咱們不是已經講過了嗎？」

「唔？」爺爺眨眨眼，接著恍然大悟地歪了歪鬍子，「喔，是爺爺的問題不大明白。爺爺要問你的是，當權者同咱們家族的關係，你到底了解多少？」

我皺起眉頭，覺得更糊塗了，「咱們替他們發言當舌頭呀……不就是這種關係？」

「原來你根本不明白：」爺爺搖搖頭，「你的答案簡而言之算是正確，但事實比這複雜多了。」

哦？這是怎麼回事兒？我看著爺爺走了幾步，踩在一個被棄置的便利商店塑膠袋上頭，接著再一指天花板，問道，「如果說國家的權力中心呢，就在那兒，那麼你說這塑膠袋是啥？」

「是……」我試探性地答，「一般的平民百姓？」

「還差一點兒，」爺爺挪了挪腳，塑膠袋窸窸窣窣地抱怨了幾聲，「平民百姓得再往下一層，在地板上。這塑膠袋是咱們家族，上頭的種種，有咱們舌頭一家替他們掩著，平民百姓只能透過咱們修改過的版本，才能知道上頭到底講了些什麼玩意兒。」

沒錯；我點點頭，爺爺的比喻很清楚易懂，但我還是搞不清楚天花板塑膠袋和地板與爺爺方才的問題有什麼關係。爺爺繼續道，「地板和天花板當中隔了咱們這層塑膠袋，但是舌頭家族還算是貼近地面的層級，你瞧，」爺爺揮舞著手臂在半空中比畫，「在天花板和塑膠袋中間，還有這麼一大段距離；你覺得這個空間裡頭，有哪些人在攪和？」

原來如此！我福至心靈地回答，「在裡頭攪和的人可多囉：各層機關、各級公務人員，高層長官的貼身機要祕書、心腹隨扈，都在這個位置吧？」

「沒錯，」爺爺點點頭，但沒因我的答案露出讚許的笑容，「而且權與利常是哥倆好，所以這層還有黑白兩道的掌舵人物、商界名流，躲在這個國家裡頭有勢力的外國逃犯、已經退休但仍掌實權的地下政客、高官的保鑣、高官的情婦、情婦的男友、高官夫人的心靈導師與健身教練……這些人也許身分是平民，但總有條胳臂或腿子攪和在這個部位。」

聽起來人還真不少；我若有所思地點點頭，爺爺晃晃手指，「……別忘了還有些極要緊的角色——就是各式各樣替上頭跑腿辦事的特務機構；」一挑腳尖，便利商店的塑膠袋隨著爺爺的動作倏地躍向半空，「嚴格說起來，」爺爺指指飛得自得其樂的塑膠袋，「咱們也算是特務機構之一，只是咱們是動筆的，不是動手的；要想自抬身價，大概只能算是蠢豬戴花兒，自不知醜。」

「在這團混亂當中，」爺爺蹲回我的面前，同我大眼瞪小眼，「有組人馬同咱們家族有很深的淵源。」

「是什麼？」我好奇心大起。

爺爺挑起一邊眉毛，露出神祕的表情，「眼珠子。」

○

「眼珠子？」我先是一愣，接著便噗地一聲笑了出來，「咱們家族是舌頭，現在有了眼珠子，再多個鼻子、來副耳朵，就可以湊出一張臉來了。」

「小鬼，」爺爺噴出一團有力的鼻息，「爺爺可不是在同你開玩笑；關於這些個內幕，你不知道的事兒還多得很咧！你剛說的那些玩意兒裡頭，鼻子耳朵在許久之前的確是有的，只不過後來沒啦。」

「爲什麼呢？」我問。

「原因很簡單，」爺爺沒理會地上滿是塵土，一屁股在我面前坐了下來，揚起了幾圈煙塵，一時間看來倒有點兒仙風道骨騰雲駕霧的模樣，「因爲他們同眼珠子合夥了——雖然就爺爺的猜測，這『合夥』一事，鼻子和耳朵們大約不是心甘情願的。不過反正現下鼻子和耳朵這兩個家族已經沒啦，眼珠子一族倒是活得好好的，勢力還愈來愈大。」

雖然我對這五官大集合、一起當特務的劇情覺得可笑之至，但爺爺要講的內容似乎挺有趣，所以我調整了一下坐姿，打算當聽相聲似地繼續往下聽；不過現場沒個答腔的人，放爺爺獨個兒表演單口相聲似乎有點兒寂寞，於是我理所當然地搭詞兒反問，「這話怎麼說呢？」

「主因有兩個，」爺爺果然接住了我的問題，「一是因爲科技發展迅速，尤其是這幾十年；二是因爲眼珠子們的先人心思獨到、眼光看得夠遠。」

「他們的眼光當然得看得夠遠啦，」我答腔道，「人家可是眼珠子呀。」

爺爺轉過頭來，皺著眉心瞪了我半晌，才又搖著腦袋道，「小鬼，你說笑話的技巧實在太差，你以爲爺爺在講相聲嗎？就算我眞是在表演相聲，你這搭詞兒的本事也不怎麼樣，閉上嘴，靜靜地聽我說吧！爺爺可不是在說學逗唱。」

我唯唯諾諾地縮了縮脖子，覺得自己好像躲在十九層大蛋糕裡穿著兔女郎服裝的妙齡尤物，衝出蛋糕之後，卻發現莫名其妙居然身處於極激進女權運動者的集會現場，尷尬地不知如何自處。話說回來，這種情境其實我根本沒有親身經歷過，只是不知怎的就突然想起了這個畫面。

大概還是八卦專欄編多了的關係吧？

八卦內容同事實不符的情況其實多如牛毛，不過絕大部分的讀者對這情形見怪不怪，最多就是讀的時候在心裡頭嘴巴邊咕噥幾句對雜誌社老闆娘親祖宗的問候語，只是咱們反正聽不到，自然也就不以爲意。

饒是如此，我倒眞遇過一回因爲報導引起的尷尬情境。

那回的封面獨家直擊專欄，是一個正在急速竄紅的女子體操新秀與學校教練之間的曖昧情事，雜誌社內的跟拍組記者跟蹤了兩個禮拜，摸清楚了女大學生的作息習慣，拍下她深夜出入一棟公寓大樓的照片，然後資料組查出來，那棟公寓的擁有人是個老先生，而這個老先生呢，正是學校教練的老丈人。

因爲公寓離學校很近，教練手底下有幾個體壇新秀需要長期訓練，所以老丈人體貼地在自個兒的公寓裡留了個房間給女婿，要是練習晚了，可以就近在公寓裡休息過夜，不料這倒成了讓教練課後個別授業的好地方。

這事爆開之後，女學生聲淚俱下地控訴，而教練則氣急敗壞地把老婆拉出來替自己證明，說那天晚上自個兒明明乖乖地睡在妻子身邊。面對這些，雜誌社老闆當然好整以暇地發表聲明，一點兒也不緊張地強調雜誌社握有十足十的證據，反正官司不是第一回打，管他結果是贏是輸，這種替雜誌做廣告的新聞事件永遠是多多益善。

新聞還熱騰騰地喧鬧著的那陣子，有天晚上姪子打了電話給我，先是不著邊際地瞎扯了幾句，然後問，「叔叔，這回那個女子體操選手的新聞，是怎麼回事？」

「就是那麼回事呀，」我漫不經心地回答，「怎麼啦？」

「我認識她呢。」姪子道。

一時間，我以為姪子要替朋友來打抱不平，趕忙安慰他，「八卦新聞嘛，過幾天大家夥兒就忘了；別太在意。」

「叔叔，」姪子心平氣和地續道，「她雖然沒公開自己的交友情況，不過事實上，她和我正在交往哩。」

我一愣，心想這可有點兒麻煩，搞八卦居然搞到自家人身上來了，還眞尷尬。「呃，這個嘛，我很抱歉；」我抓抓頭，想到一套說辭，「不過，根據咱們公司裡得到的資料，那新聞的內容都千眞萬確沒唬人，所謂人心隔肚皮，姪子啊，早點兒認清女友的眞面目也不算壞事呀。」

「她的男女關係很亂，我本來就知道；她和我的交往不認眞，我也明白；說實話，我也沒打算搞什麼天長地久。可是，」姪子頓了一下，又說，「她那晚的確沒去找教練啊。」

「你怎麼知道？」我不服氣地反問。

「因為我也住在那棟公寓裡，」姪子回答，「那晚，她是來找我的。」

「啊？」我一時間不知如何反應，居然愣愣地問，「她去找你幹麼？」

「您以為咧？我們會在大半夜裡研究唐詩宋詞嗎？『錦帷初溫，獸香不斷，相對坐調笙』？」姪子的語氣聽起來啼笑皆非，還胡亂引了段北宋的豔詞，「當然是爲了做那檔子事兒呀！」

「外姓女子……」我結巴了起來，「你和外姓女子上床了？」

「叔叔，現今都什麼年代了，我當然做了防範措施；」姪子的聲音聽來有點兒不帶惡意的揶揄，「倒是您呀，沒什麼立場說什麼外不外姓女子的問題吧？」

○

「我認爲，」爺爺的聲音中斷了突然插播的回憶場景，把我的心思拉回現實裡頭，「眼珠子之所以能同鼻子耳朵合夥，靠的就是那檔子事兒。」

「什麼？」我眨眨眼，一時間有點兒糊塗。

「這回事說來話長，不過爺爺長話短說；」爺爺道，「根據眼珠子那支血脈的說法，在其他兩族還存在的時候，他們一起達成聯姻的協議。」

「家族聯姻？」我疑惑地問，「爺爺，如果您所謂的眼耳鼻三個家族同我們舌頭一族一樣，那麼聯姻豈不壞了規矩？」

「這是咱們家族不與外姓通婚的疑慮，沒錯；」爺爺頷首，「不過這是舌行一族的先人們講的，有沒有什麼其他的根據？」

我呆了呆，似乎想不出什麼其他的反證；爺爺續道，「所以啦，這不許通婚的規矩其實是紙糊的燒餅——唬人用的，你繼續往下聽就會明白；況且，就算這顧慮是眞的，反正那時的眼珠子與耳朵鼻子三夥族人們也不這麼想。原來他們打的如意算盤，是可以讓三支血脈一同壯大，更加鞏固家族在權力中心裡的位置，不料幾代之後，鼻子和耳朵的後裔愈來愈少，眼珠子這邊倒是日益茁壯，再過幾代，眼珠子正式取代了耳朵和鼻子的工作內容。眼耳鼻三族名義上是合夥了，不過事實上比較像是眼珠子把人家給併呑啦。」

「眞有這種事？」我不解地問，「當權者身旁大小事務照說都在舌行家族的掌握之中，爲什麼咱們的族誌裡從沒提過這些事情？」

「自然沒提過啦；」爺爺理所當然地回答，「因爲咱們家族根本不知道他們的存在；應該說，當權者本來就不打算讓我們知道，除了舌頭一族之外，還有其他在暗裡工作的特務機關。」

「爲什麼？」我更糊塗了。

「因爲啊，」爺爺揚起一邊的眉毛，「眼珠子們，其實是權力中心派出來監視咱們的情報員呀。」

貳・參

「小鬼，用點兒腦筋，」爺爺拍拍我的頭頂，「咱們知道那麼多當權者的祕密，你覺得他們會放心嗎？他們的那些個重要言語、詔言政論、新聞報導、歷史資料，全被咱們動過手腳，你覺得他們就開開心心地讓咱們這麼幹嗎？」

是啊。我突然覺得自個兒靈台清明：權力中心對平民大衆發表的所有言論、國家史館當中的歷代紀錄，全都讓舌行家族潤澤舔舐過，要是做這些動作的族人在裡頭加油添醋地增減了一些對當權派不利的訊息，那這些高官大臣怎麼可能高枕無憂？但是，不對呀；我們的血脈裡會有部分成員埋伏在野，如果眞的有另外一組人馬在監視舌頭的行動，那每到族人們在動手腳鼓動改朝換代的時候，當權者怎麼會不出面處理？

「爺爺，您這話裡有個說不通的漏洞；」我向爺爺說明了自己的想法，爺爺搖著頭，「這類事情咱們的先人大多做得不著痕跡，在朝的還是努力想法子替上頭圓謊，看來與在野的成員互無干涉，表面上看來，在權力中心工作的舌頭們可沒做什麼顚覆的動作，眼珠子們自然也抓不出什麼痛腳。再說，到了亂世末朝，咱們會為了自保而做出這種決定，眼珠子當然也會權衡輕重、選擇對自己家族有利的方向行事呀；真要鼓動群衆，力量還是把持在舌頭這邊兒，他們平時放任我們在野的那支血脈，其實也是替自己留條後路嘛。」

唔，這些特務機構還眞是不把「忠心」二字放在心上，同小說電影裡所描述的差別眞大。不過爺爺這麼說，聽來倒是很有道理，我點點頭，「所以，眼珠子們對於咱們在朝在野的成員，都做了監視的動作？」

「就我所知，是這樣沒錯。」爺爺回答。

「那麼，鼻子和耳朵這兩支家族本來又是做什麼工作的？」我又問。

「咱們舌頭負責修飾歷史，眼珠子監視舌頭的行動；」爺爺道，「鼻子的任務是到海外去蒐集他國情報、評估國際局勢，而耳朵當初負責的，則是去蒐集民間的聲音，像是對政效的回應、對當權派的批評這類資料，回報給權力中心去分析因應對策——事實上，爺爺認為，咱們舌行一族從當權人士手上拿到的一些民間資料，其實就是耳朵們去找來給他們的。我剛同你說過，」爺爺瞟了眼那個已經飄落地面的塑膠袋，「舌頭一族在層級上算起來其實比較接近平民，身分同其他三者不同，所以眼珠子一向不把咱們當成一夥的；而眼珠子的先祖們認為，反正眼睛、鼻子和耳朵的任務都在蒐集情報，只是對象不同，那麼為什麼不聯合起來一同工作？這就是爺爺認為眼珠子一族比較有遠見的原因；爺爺認為，他們在想到這點時，就已經打算吞併鼻耳二族，讓自個兒的家族獨大了。」

「鼻耳二族怎麼工作呢?混到市井裡頭去探聽、在重要的集會場所偷偷記錄、觀察鄉紳角頭的活動,大抵就是如此;」爺爺繼續解釋,「最近幾十年來,科技的發展迅速,這些工作變得更加容易。眼珠子的先人也預見了這種情勢,發現鼻子耳朵能做的,他們也辦得到,所以用了個聯姻的手段吃下耳朵和鼻子。雖然如此一來,眼耳鼻三支血脈就成了烏龜王八一路貨,但說老實話,爺爺還挺佩服他們的。」

我傻傻地聽著,爺爺的話聽來頗爲合情合理,原來舌頭一族同當權者當中還有這麼一層隱而未顯的關係?「爺爺,」我不安地問,「難道我族的先祖們,沒有人想到這件事嗎?」

「祖宗們有沒有想過?我不知道;」爺爺長長地吁了口氣,「不過就算想到了,八成也沒能查出什麼來,否則咱們一定會知道的。再說,舌行家族可以操控歷史,久而久之,就會妄自尊大;過於信任自身的力量,就會看不清楚整體的情勢。多疑本來就是權力中心的特性,而我們老把他們當成不知道怎麼說話的漿糊腦袋,居然忽略了這點。」

○

我在心裡頭反芻了一會兒爺爺所說的內容,明白這就是爺爺擔心我的住所被監視的原因。倘若當權階級眞的要監視舌頭一族在做些什麼,那麼眼珠子們一定得要盯牢舌行家族裡的每一個成員——無論這成員是家族裡頭的重量級明星人物還是過場龍套小癟三。

但，話說回來，從小到大，有誰能夠不間斷地監視咱們的家族成員呢？別人不提，光拿我自個兒當例子吧，會有誰在監視我呢？每天賣我蛋餅和咖啡牛奶的早餐店矮胖老闆娘？修車場裡定期保養我那部破車、頂著禿頭長得像流氓老在嚼檳榔的技工師父？便利商店裡頭滿臉青春痘的打工青年？還是公司裡頭那群長著狗鼻子一聞到八卦氣味就窮追不捨的記者同事？這些人怎麼看，都不像是精明的特務人員啊。

「那您知道，有哪些人在監視咱們舌頭一族嗎？」我問爺爺。

「我不知道。」爺爺乾脆地回答，「別忘了，爺爺剛說過，眼珠子和鼻子耳朵都擅長隱藏自己眞正的身分，再加上科技的輔助，咱們身旁的任何人都有可能是其中之一：無論是早餐店的老闆、修車場的技工、便利商店的店員還是你的同事，說不準哪個人其實就是顆眼珠子。」

我吃了一驚，「爺爺，您會讀心術？」

「什麼讀心術？」爺爺歪歪嘴，一排鬍髭也跟著扭了扭，「沒聽說過舌行家族的任何成員有這本事。」

「呃……」我想了想，決定不理會爺爺話語與我心思當中奇妙的巧合，說道，「您這巨大的陰謀論雖然精采，不過我想不出什麼具體的實證；沒有證據，您講了半天也只算是空穴來風，上不了八卦雜誌，最多只能拿來寫本長篇小說，放到現今的書市可能還沒人想讀哩。」

「誰說沒有證據？」爺爺的反問裡明顯帶著「臭小鬼你不知道的事兒可多著呢」那種混著優越和同情的不耐煩，「爺爺我握有第一手的資料。」

○

「我剛說不知道有哪些人是監視咱們家族的眼珠子，」在我狐疑等待解釋的眼光中，爺爺開始說明，「但是，爺爺知道監視我的眼珠子是誰。」

「眞的嗎？」我睜大眼睛。

「當然。」爺爺用點頭的動作加強他語氣裡的肯定，「爺爺不但知道他是誰，還同他深入地談過話，這些家族裡不知道的特務情事，就是他同爺爺說的。」

「這人是誰？他在哪裡？還有，」我急急地問，「他爲什麼要告訴爺爺這些事呢？」

「小鬼，」爺爺深深地吸了口氣，「這人你不認識，爺爺遇到他的時候，他已經打算退休了，而過了二十年，他也早就作古啦，知道他是誰對你而言沒什麼用處。」

二十年？我靈機一動，脫口說道，「所以，這個神祕的眼珠子，是爺爺您在剛離開家族那段時間裡認識的？」

「差不多，」爺爺轉轉眼睛，「我是叛離家族後遇上他的，不過根據他的說法，早在我跟蹤你三嬸婆蠕行向北時，他就已經盯上我了，只是那時我還不知道而已。」

「因爲他是負責監視您的眼珠子，」我揣測著，「所以您跟著三嬸婆一路北行，他也就一路跟了上去？」

「不對：」爺爺擺擺手，「我悄悄地跟蹤著你三嬸婆，是在當天夜裡葬禮結束後開始進行的，那時的確沒人發現，連眼珠子們都沒料到；根據這位後來監視我的眼珠子成員所言，我偷偷出走的消息，是他們隔天早上才發覺的。這訊息於是被緊急地發布出去，所有的眼珠子成員全接到了找尋我的指令——別忘了，現在的眼珠子們身兼耳朵的任務，到處都有他們的耳目，所以沒幾下他們就發現了我的行蹤，也發現我原來在跟蹤蠕行的舌頭一族。」

「眼珠子們搞不清楚我到底想要做什麼，」爺爺背著手，轉述眼珠子告訴他的資料，「於是決定暫時不派專員跟監，先採取沿途接力的方式，隨著我的行動路線，將我的紀錄一站一站地向北傳遞，最後才轉到那個同我接觸的眼珠子手上。」

聽起來眼珠子們的數量的確不少，否則怎麼能夠做這種安排？我一面在心裡頭想像著一些像好萊塢特效動作片裡那種高科技的追蹤情節，一面聽爺爺繼續說道，「小鬼，爺爺今天同你說的事兒，有一部分是我在跟著你三嬸婆蠕行向北時想清楚的，有一部分是那位眼珠子朋友透露的機密。當今世上，除了爺爺之外，沒有任何一個舌行家族的成員知道這些事情，爺爺也不放心把這些事兒告訴別人。」

我突然恐懼了起來，隱隱覺得有個巨大的責任橫在我的眼前、等待我彎下腰垮下肩把它給扛上來；「爺爺，那您要我怎麼做呢？」

「要怎麼做都隨你高興，」爺爺的聲音聽不出是無奈還是豁達，聽在我耳裡也不知該反應出失望還是釋然，「小時候爺爺喜歡你，是因爲我看得出你這小鬼的習性同我兒子不同；你老子那種全心全意爲家族操持事業的路子，我很清楚你是不會走的。不過，聽了你這幾年的狀況，我想你八成也沒有那種揮大旗搞革命的個性，所以該怎麼做？你自個兒看著辦吧。」

「爺爺，我……」我剛想找幾句話來安慰爺爺，又被爺爺擺擺手擋了回去，「況且，爺爺同你說實話——爺爺自個兒都不知道怎麼辦才好。這近二十年的隱居生活，我想來想去，都想不出個兩全其美的解決方式；本來打算就這麼罷了，讓這祕密跟著我進墳墓吧！但又覺得不甘心。」

「您身體狀況這麼好，」我站起身來對爺爺說，「說不定比我還長壽呢，提什麼墳墓呢？世局在變，說不準再過一陣子，咱們就能想出法子來了呀。」

「我的健康狀況是不錯，」爺爺直視著我的眼睛，「可是八成過不了今年。」

我一驚，「您怎麼這麼說呢？」

「那位眼珠子老友是在去年底過世的，」爺爺道，「我同他認識的頭幾年，有回他同我說，他已經算準了自己的壽命剩下多少。我問他是怎麼算的，他說他會看相；我心裡頭直笑：怎麼當間諜的人還會看相咧？你也知道，所謂看相算命的絕大部分都在矇人，我一時覺得有趣，於是就要他算算我還能活多久。他那時對我說：『朋友，你別在心裡頭笑我；我的日子到了，你的也不會太遠。你的眉中有白毛，但兩眼嫌凸，下頷略短，幸好法令紋刻得深，還能撐住了一段時日。好好保養，活到七十沒有問題，只是你那年會有個劫厄，恐怕是過不了。』」

爺爺閉上眼睛，回憶著眼珠子的話，「去年底他要往生之前，我陪在他身邊，他叮囑我，『明年你要多留點兒神啊』，我才想起他先前的預言。仔細推算，他對自個兒死期的估算一點兒也沒錯，而今年我正好七十啦，照說已經離大限不遠。」

雖然爺爺說得輕描淡寫，但我聽得實在難過，「爺爺，說不定您那位眼珠子朋友是矇對的，別太介懷。」

爺爺盯著我半晌，輕輕嘆了口氣，點點頭道，「還是先讓爺爺把該講的事兒說完吧。四兩棉花一張弓，咱們還有得談呢。」

貳・肆

「在你那住處裡頭的時候，」爺爺抓抓鬍子，「相不相信那些關於咱們家族成員在百年之後得蠕行向北的原因，那時你說沒什麼理由不信，對吧？」

我點點頭，突然想起另一件事兒，「我信呀；不過爺爺這麼一提，我倒想起家族裡頭有另一個人問過我這個問題哩。」

「哦？」爺爺揚起眉毛擠出幾道抬頭紋，「誰？」

「我姪子。」我眨眨眼。

大學入學之前我還住在老家，一天夜裡，姪子上門來找我。咱們叔姪倆先是瞎聊了一會兒，話題不知怎的轉到家族事業上頭。「叔叔，」姪子問，「等到大學畢業之後，您還是會回來經營我們的祖傳事業吧？」

我聳聳肩，沒有正面回答。事實上那時我已經打定主意，盤算著自個兒獨自溜到異地生活的計畫，只是這事情不好直截了當地同家裡的人明講，更何況還是我的晚輩；自個兒不求長進也就罷了，居然還帶壞後生小輩——用我的腳底板想都知道父親會如此責罵，多一事不如少一事，我可不想替自己找麻煩。

「叔叔，」見我的動作無置可否，姪子傾身過來，壓低聲音神神祕祕地說，「有個問題，我想問問您，您可別同其他長輩說。」

「唔？」我心想，這傢伙這麼細聲細氣地說話不知是爲了哪樁事情？一時好奇，點了點頭，學著他細聲細氣地回答，「好。」

「先人們葬後蠕行的原因，您相信嗎？」姪子問。

「信呀。」我皺起眉；這有什麼好懷疑的？

「信啊？」姪子也皺起眉心。這反應可眞有趣；我突然想到：姪子不會是發現了什麼祕密吧？「爲什麼不信？你知道了什麼未公開的機密嗎？」

姪子搖搖頭，「這倒沒有；只是，這套說法我不知怎的聽了就不踏實。祖先是異能人士、黑龍降生，所以後世子孫能夠永生不死，還會在葬後蠕動北行？這聽起來好像是日本漫畫已經用到浮濫的八流設定哩。」

我抓抓頭，打不準主意該怎麼回答。

「您不會同其他長輩說吧？」大約是因爲我的表情帶著怪異，所以姪子有點兒緊張。

「我沒這麼無聊。你這想法同叔叔講講不打緊，不讓其他族人知道也是對的；不過，」我停下抓頭的動作，試著擺出最正經的臉色，「要懷疑咱們千年以來的近乎奇蹟的神祕蠕行，光是一句『八流設定』是不成的，得有更具體的實證才行。族裡收藏歷史紀錄的地方你是去過的，族誌也一定都讀熟了，但裡頭寫的就是這套詞兒呀。」

姪子點點頭，「這我知道，但，我們是舌頭呀！修改歷史潤飾資料，是我們的專長強項，說不定我們連自己的族誌都改過了哩！那怎麼能盡信呢？」

咦？這小子想得倒是很清楚。「這倒有點道理，」我想了想，「不過沒有證據，你的懷疑只是空談而已。」

「說不定……」姪子歪了歪脖子，半帶希望半帶遲疑地問，「這就像是大人們編派出來哄小孩兒的童話故事，真相如何，得等到長大了才會知道。比如說要正式接手家族事業的時候，長老們會告訴我們事實。」

「如果是這樣的話，」我拍拍姪子的肩膀，「叔叔一定偷偷先告訴你。」

○

「聽起來這孩子有點兒意思，」聽完我的轉述，爺爺若有所思地點了點頭，「早知道家裡頭出了這種後輩，爺爺就該想法子見上一面才是。」

「下回我找他來見見爺爺。」我說。爺爺搖搖腦袋，「家雀兒學老鷹，小鬼你一下子想太遠啦。先回題，讓爺爺把該說的事兒說完吧。」

三嬸婆病危的那段日子裡，爺爺已經下定決心：時候一到，就要跟著她蠕行的路徑，向北去瞧瞧到底我族先人最後的歸屬在什麼地方；他偷偷地收拾了一個行囊，等著派上用場。

「爺爺這輩兒裡頭，就屬爺爺操持起這家族行當最可有可無；小鬼，你知道的，」爺爺嘆了口氣，道，「家族營生幹得愈出色、身子就衰頹得愈早愈徹底，我的弟妹都已經早我而去，就剩三妹一人。那時爺爺心想，要是再不把握機會，說不準下一個就輪到我啦，但三妹同我的感情很好，看著她一天一天地衰弱下去，我的心裡頭很不捨得；但一想到有機會能夠一探葬後蠕行的究竟，倒還不免有種興奮，唉唉。」

送走了觀禮的親族，等到留下的族人入睡，爺爺翻出預備好的行囊，朝懷裡揣了家裡頭所有的現金。那時的天色正處於黎明之前的濃稠墨黑，爺爺摸出家門，拐進小道兒，走了一陣，回到剛離開沒多久的家族墓地。

家族墓地坐落在村落郊外，再不遠就是公墓群集的小山頭；附近的地皮雖說分屬在許多產權所有人名下，事實上全是咱們家裡人自個兒變換名義買下的，目的當然是爲了讓這塊地離人群盡量遠一點兒、把家族的祕密保護得愈嚴實愈安心。

家族長輩們用一圈矮厝圍成四合院的相貌，把本族墓地包了起來。長長的矮房朝北開了個口，正南方的大堂則裝模作樣地擺設成祠堂模樣，雖然供著列祖列宗的牌位，長明燈也一年到頭從沒滅過，但事實上沒有哪個人眞的在這裡祭祠過歷代祖先——先人們全蠕動北行享福去啦，還拜什麼拜呢？

除了祠堂之外，四合院的各個房間作用其實都是藏書：各朝典籍、歷代朝誌、名家墨寶、稗官野史……等等不一而足。這回因為父親葬禮的緣故，我又到了家族墓地一趟，發現四合院的結構沒變，但除了南面的祠堂模樣依舊之外，其他的矮屋都已經加高了樓層，想來是為了容納更多的藏書；電腦之類的設備也已經進駐，把一些資料直接轉成常人無法解讀的數碼資訊，存在磁盤或者光碟裡頭。

四合院當中的空地沒鋪柏油不蓋混凝土，正中央有個暗門，平時關著，需要用到時只要移開暗門，稍事整理，就是個舒舒服服的墓穴。年輕的時候，我曾問過母親：為什麼不乾脆鋪上水泥呢？這麼一來，連重新掘地整理的工夫都省下來了。母親回答說這位置是計算過風水方位的，隨意更動恐怕有損靈氣，再者過世的先人們必須要吸足了地氣才有足夠的能量蠕行向北，糊上了水泥像什麼話？

「昨夜我就躲在祠堂的大梁上頭，」爺爺補充道，「那兒居高臨下，從氣窗裡頭可以直接望見墓穴的情況。」

「躲在大梁上？」我狐疑地問，「長老們在祠堂裡頭準備典禮時不會發現嗎？」

「那房梁雖然說高不高，手腳便捷點兒的人都攀得上去，不過，」爺爺輕鬆地道，

「家族裡頭有誰會想到有人躲在上面？說正格兒的，咱們家族在夜半三更舉行葬禮這回事，除了自家人，有誰會知道？所以啦，家裡人也不會認爲祠堂的梁上會躲著個老頭子。」

「更妙的是，」爺爺頓了一下，嘴角歪出了一點兒笑意，「爺爺竄上房梁後，發現上頭不知幾時被裝了個監視器——眼珠子還眞是無所不在呀。小鬼，你想想，那玩意兒被裝在梁上已經不知道有多久了，家裡人全沒發現，爺爺縮在梁腳的陰影裡，有誰會注意？」

祠堂裡頭有眼珠子安裝的監視器？我吃了一驚，另一個疑惑卻隨即撞入腦袋：倘若眼珠子們一直以來都在注意著舌行家族的一舉一動，那麼家族先輩們葬後蠕行一事，他們一定老早就知道了——爺爺剛不也說了嗎？在跟蹤三嬸婆的時候，眼珠子也知道他正在跟蹤蠕行的舌頭；但，他們是什麼時候發現這事兒的呢？發現多久了呢？在那個科技還不發達的遠古時代，他們是如何潛進我族先人周遭，監看、記錄一切的呢？我本來打算發問，不過爺爺正在繼續他的跟蹤故事，我想我還是先別插話比較妥當。

三嬸婆入土那夜天氣晴和，不過地上還是看得見三嬸婆蠕行經過的痕跡，直直地朝向北方。爺爺打亮手電筒、辨明方向，邁步跟了上去。

「爺爺，」我還是忍不住疑惑地插嘴了，「您當時還沒有這一身武藝吧？要跟蹤應該沒這麼簡單吧？」

「武藝？我那幾手不算什麼武藝；」爺爺揮揮手，「我當時身子骨當然沒有現下這麼靈便，不過你想，蠕動行走能有多快的速度？加上你三嬸婆原來就體弱多病，爺爺猜想往生之後也不大可能馬上就靈動起來。果不其然，沒走多久，我就瞧見她了。」

三嬸婆蠕行的樣子看起來既吃力又辛苦：她先緩慢地擺動著腰桿，蹭著膝蓋和小腿，慢慢地撐高自己的髖部及臀股，然後再左右挪移著肩膀，向前拉平身體。壽衣下方幾個一直同地面磨磨蹭蹭的部位開始滲出體液，透出衣物在地面留下一點點溼黏的痕跡。往生後過了一段時日才舉行葬禮，這液體也不紅，自然已經不是血液，但爺爺看出三嬸婆已經磨破了皮，還是暗暗心疼。

想像起來，三嬸婆以這種方式蠕行，速度絕不可能多快，事實上，以爺爺沒花多少時間就追上的情況來看，三嬸婆的前進速度也的確緩慢。但這緩慢裡頭卻自透著某種詭異，「你要覺得該這麼慢，卻發現三妹動得其實比我原來預料的要快；」爺爺的手在空中比畫著解釋，「但你要是心想『咱們可是黑龍傳人，就算不能騰空飛天，好歹也該能一日千里吧』的話，三妹的速度又委實慢得不像話。總而言之，你三嬸婆就在這種不上不下的怪異速度下，一點一點地前進。」

古怪的是，原來在我們的想像裡，蠕行向北有種義無反顧、勇往直前的姿態，但三嬸婆除了在家族墓地上頭留下那道筆直的蠕動軌跡之外，上了小山卻開始左扭右拐，雖然還是向北挺進，但路徑卻變得曲曲折折。

這是怎麼回事兒啊？爺爺心裡頭納悶兒：向北蠕行本來就是如此？還是三妹因為原來

就體能欠佳，所以表現得不大對勁兒？畢竟爺爺沒有對照組可供比較，無從得知三嬸婆的蠕行姿態是否正常。

一個聲音遠遠地傳來。接著又是幾聲附和。爺爺猛地想起一件事。

小山腳下的村子裡，雞啼了。

貳・伍

二十幾年前，我老家坐落的那個村子還有不少田野農地，人口不多，離「繁華」二字十分遙遠，連便利商店都是我上大學後才在村子裡出現的。村子裡的年輕人大多外流到鄰近的大都市去，咱們家族成員也大多散居在其他城市；等到年齡稍長，我才知道外移的家族血脈連姓氏來歷都更改過，一來可以掩人耳目，二來在族內通婚的時候，也不至於讓戶籍人員瞧出疑點。

這些外移的氏族，有的日漸強大，有的則在歲月裡逐漸凋零——我曾聽一些親戚提及，母親出身的那個家族就沒落得很厲害，不但已經好幾代沒有能力足夠執行重要任務的子弟，而且生養的後代人數也不多。母親是那支血脈裡的最後一個成員，過往表現成績非常傑出，因此她決定嫁回老家來時，長輩們都覺得十分合適——總管家族事業的核心人物，大多還是住在老家，主理族務的長輩，本來就打算另外派出其他氏族進駐那個城市，母親決定回到本家，正合他們的心意。但自從生了我之後，母親就沒再產下一子半女，這情況又讓長輩們不大高興。

出了家族祠堂向北走，越過公墓所在的小山，就是下一個村落；三嬸婆在天色將明的山路上蠕行自然不大容易被人發現，但要進了市鎮的話，豈不成爲一則活生生的鄉野奇譚？

想到這兒，跟著三嬸婆蠕行軌跡的爺爺也緊張了起來：待會兒天亮了，該怎麼辦？另一方面，爺爺也想到：先前蠕行的先人全都曾經行進過相同的路徑，但從沒聽過鄰村傳出什麼蟲行怪人的傳聞，前人們是怎麼辦到的？

家族裡頭並不是沒有人提過這回事兒，只是大家認爲向北蠕行本身就是件神奇的事兒，是故似乎也不須擔心被尋常百姓瞧見——有能力可以死而復生的家族，能夠發展出瞞過一般民衆耳目的特技，好像是理所當然的推論；但爺爺分明就清清楚楚地看著三嬸婆正在蠕動前行呀！沒道理其他人會忽略這等人體趴在地上屈伸蠕行學蛆走路的怪事吧？

爺爺還在胡亂思考呢，三嬸婆的蠕行已經偏離山徑，拐進草堆裡了。

唔？爺爺向前追了兩步，突然間，天光乍現。

一輪旭日在東方升起，小山向陽的那面開始漸次染上金黃。三嬸婆剛剛向左彎進了陰暗的草叢當中，爺爺跟了過去，發現三嬸婆已經停止了動作，蜷成一團像條受驚的馬陸蟲——不同的是，馬陸蟲的身子紅黑環節相間，團起來有嚇唬敵人的作用，三嬸婆身上穿的則是咱們氏族入殮時的壽衣，顏色灰暗，蜷成一球看起來其實同一堆破布相去不遠。

這是怎麼回事？

爺爺一時沒了主意，就在三嬸婆藏身處旁邊的樹根上坐了下來，一面觀察著動也不動的三嬸婆，一面注意四周的狀況。

這座分隔兩村的小山平時沒多少人，鄉下人平時做慣粗活，也沒幾個人有那種早起登山健身的興致。過了大半天，小山上還是很平靜，看不見任何往來的行人。

爺爺稍微放了心，拿出行囊裡的水壺呷了口水——這趟不知要跟多久，爺爺認爲水得省著點兒喝。就在他旋上壺蓋、把水壺塞回背袋的時候，小徑的另一頭出現了人影。

一聽到動靜，爺爺快手快腳地攀到樹上，把自己隱在樹葉裡頭。

○

「那三嬸婆呢？」聽到緊張的情節，我不禁脫口問道，「爺爺，您就把三嬸婆擱在草堆裡頭、自個兒溜上樹啦？」

爺爺白了我一眼，「小鬼，爺爺那時心急呀，難免像跳蚤鑽被縫、顧頭不顧尾。其實在我坐在樹下發愣傻等的時候就該把你三嬸婆藏起來啦，只是一方面我心裡頭亂得很，完全不知道接下來會發生什麼事兒，另一方面其實也好奇，要是三妹眞讓人瞧見了，會出現什麼情況。再說，」爺爺清清喉嚨，「我實在也不敢去碰觸三妹。倒不是害怕，而是她正在進行咱們家族最神祕的葬後蠕行啊；先前沒有人跟蹤過蠕行的族人，自然也不會有人知道與蠕行先人接觸的話會有什麼結果。爺爺的行動主要是想得知蠕行的最後目的在哪兒，要是這一挪動三妹、出了什麼亂子，那我的計畫不就泡湯了？」

「跟蹤三嬸婆就已經壞了規矩啦，」我悄悄地在心裡頭嘀咕，「爺爺您總是有詞兒可以講，嘖！」

倘若爺爺眞的會讀心術，他現下一定也沒注意到我心裡頭的揶揄，只是自顧自地繼續著故事，「那時走過來的，不是下個村子的人，而是住在咱們村子裡的派出所警員。」

「警察？」我的兩道眉毛向中央擠成一團令人不解的抽象畫，「警察大清早的上山來做啥？不對呀，咱們村子裡的派出所警員，怎麼會從鄰村走回來？」

爺爺眉毛一挑，「這答案其實很簡單。」

○

走在小徑上的警員腳步有點兒虛浮，遠遠地就能聞到他渾身散著酒氣，一看就明白：他昨晚是到鄰村喝酒去啦——不知是警員有朋友住在鄰村，還是隔鄰的派出所有什麼聯誼活動，反正警察大人一定是前一晚喝得太多，乾脆在隔壁村子歇了一宿，等天亮了再回自個兒的派出所上班。

瞧清楚了來的人是個醉漢，爺爺稍微放下了心，暗暗希望警員醉眼惺忪，會對蜷曲在草叢裡頭的三嬸婆視而不見。否則的話，現下的三嬸婆縮在草裡沒半點兒動靜，大概怎麼看都會是具屍體——大清早的在山上發現村人的屍體，警察的腦袋不管正在同多少酒精暈陶陶地跳舞，大概都會馬上冷水澆頭地清醒過來吧？

警察踉踉蹌蹌地從樹下走過，爺爺正在心裡頭長長地舒了口氣兒，沒料到警員又歪歪倒倒地踅了回來，雖然腳步七零八落，但目的地很明顯地指向三嬸婆藏身的草堆。

被發現了？爺爺心下忐忑，伏在樹上的身體繃緊起來，小心地平緩著氣息，不敢做任何的動作。

警員夾手夾腳地走離山徑、進入草地，在離三嬸婆不遠的樹下停住腳步。藏在他上方樹枝裡的爺爺雖然覺得緊張，但也覺得莫名其妙：因爲雖然警員站立的地點離三嬸婆不遠，但警員卻面向樹根，對自個兒腳跟附近的三嬸婆瞧都不瞧。

爺爺的疑惑沒持續多久，警員嘶嘶地拉下長褲拉鍊，一手扶著樹幹一手掏出傢伙，沒頭沒腦地尿了起來。

啐！爺爺在心裡頭呸了一聲。警察就在三嬸婆身邊便溺，爺爺自然覺得不合禮數，但爺爺也同時好奇：難道這警察的眼睛眞被酒給弄迷糊了，連自個兒腳邊有什麼東西都看不見？

帶著酒味的尿柱澆向樹根，爺爺皺起鼻子，等著警員完事。過了半晌，嘩啦啦的理直氣壯轉爲淅瀝瀝的依依不捨，警員長長地呼出了口酒氣，滿足地抖了抖，拉上拉鍊；他低頭瞧了瞧，接著轉了半圈，正好面對三嬸婆團成一圈的身體。

爺爺不自覺地停住呼吸，想瞧瞧員警的反應；不料警察什麼表示都沒有，抬腿跨過三嬸婆，歪歪斜斜地步上山徑，朝著自個兒上山的方向走去。爺爺狐疑地看著警員的背影，正想下樹，卻發現警員停下了腳步。

還是發現了吧？爺爺在心中暗忖，沒想到員警並沒有回到樹下，只是發現自個兒走錯方向而已；他搖頭晃腦地轉了一百八十度，繼續晃晃悠悠地朝自家村落走去。

怎麼回事？等到員警走遠了，爺爺才爬下樹來，小心地避開那攤尿漬，看著三嬸婆，思索了起來。

自己所站的位置，就是方才警員解手的地方，三嬸婆明明就在自個兒腳邊，再怎麼醉眼迷茫，也不該沒看到呀？

爺爺在三嬸婆附近繞來繞去，抓著後腦，百思不得其解。本來還擔心員警發現三嬸婆會惹出什麼亂子，現在倒是搞不清楚為什麼三嬸婆大剌剌地窩在一邊，員警卻視而不見？

當眞只是喝迷糊了嗎？爺爺不大相信，他走來走去從各個角度觀察三嬸婆藏身的草叢，明白了一件事。

站在小徑上，試著從小徑這頭朝樹幹方向張望，爺爺發現三嬸婆蠕行的路徑雖然看來歪歪扭扭，但實際上卻是替自己找了個極佳的藏身地點——那樹根旁的雜草長得有高有矮，離樹根近的長得比較短些，離得遠的比較長點兒，可能是因為有人會到樹下乘涼歇腿，久而久之就形成了這種參差的情狀；三嬸婆把自個兒藏在長短草的交界，站在她身邊的警察沒瞧見，當然有點兒說不過去，但如果是打山徑路過的人沒看見，倒眞的沒話可說。

這個疑惑解開了，又引出來另一個疑惑：倘若三嬸婆是有意識地替自己找了一個藏身場所，幹麼不鑽深一點兒呢？如此一來，就算有醉鬼要到樹邊小解、有村民要到樹下乘涼，或者是有小情侶想躲到樹蔭裡頭卿卿我我一番，也都不會被這團蜷成一圈的人體給嚇得六神無主呀！

爺爺思索了一下，決定做個大膽的實驗：他伸手拉掉一些長草、踩平了幾朵草皮，打算讓三嬸婆的藏身地點暴露在山徑往來的視野當中。爺爺心想：就算方才那位警察大人當眞因爲黃湯下肚後給酒精蒙了眼，只要三嬸婆繼續蜷在那兒不動，接下來幾個往來行人一定能夠從山徑上瞧見她——這麼一來，就可以直截了當地揭露那個「爲什麼先人們蠕行向北卻沒人發現」的謎底。

手底下一面工作，爺爺心裡頭一面想起另一件事：家族裡過世的先人在復出蠕行時，一向都是不言不語，自個兒跟著三妹時，三妹也從沒回頭瞧過自己，似乎蠕行的時候是沒有什麼意識的；但從三妹替自己就近尋著的巧妙藏身地點來看，蠕行親族的思慮彷彿又是清楚的。那麼，也許自己把草堆給清乾淨了，三妹就會再挪動身子、另覓新居？

爺爺把長長的草叢折彎拔除擠壓踩平，理出一條無阻視線的通道；枯等了一會兒，端詳了老半天，三嬸婆還是動都不動。

唔；爺爺在心裡頭整理了一下自己的思緒：雖然藏身處已經曝光，但三嬸婆並沒有動作，所以蠕行的先人們應該是沒有意識的？或者，三嬸婆其實知道爺爺正在動手腳，但卻自有什麼有恃無恐、不被發現的理由？再或者，三嬸婆其實知道身旁發生的事情，只是因爲某種緣故無法動彈？

日頭漸漸走到了天空的正中。

貳・陸

「那天後來還有別的人上山來嗎？」我把那個剛被爺爺踢來踩去的便利商店塑膠袋當成墊子，坐下來問。

「整個上午就只來了這麼一個警員，」爺爺轉轉脖子，皺起眉心，「我本來以為下午可能也不會有多少人經過；三妹那會兒又動也不動，天知道是怎麼回事。所謂的葬後孺行難道就只到這村外小山上為止嗎？什麼光榮的北行傳承，只是咱們家族吹著喇叭又敲鼓地自吹自擂嗎？老實說，小鬼，爺爺那時心裡頭完全沒個譜兒。」

「整個中午，小山上都沒有別的動靜；」爺爺一屁股坐到我前頭地上的積塵裡頭，我慌慌張張地剛想站起來把塑膠袋讓給爺爺，動作才起了個頭又被爺爺一揮手給壓了回去，「別麻煩啦小鬼，乖乖坐著吧，爺爺快要講到精采部分了。」

合著爺爺真當自個兒在說書啦？我沒有作聲，把屁股放回塑膠袋上頭，聽爺爺繼續說了下去，「沒想到，日頭才剛剛偏西沒多久，小山上頭往來的人就多了起來。」

「哦？」我歪著腦袋試著想像了一下，用年幼時老家的那座村郊小山當背景，配上這城街頭常見的摩肩接踵人群，唔，怎麼想那個畫面都不大對勁。

爺爺用解釋打斷了我的想像，「當然，我並不是說小山上突然變得人聲鼎沸，只是比起上午那種冷清情況，下午的小山上的確比較熱鬧了點兒：有到鄰村訪友串門子的鄉親，有推著小車送貨的商家，還有一些看起來就是蹺課躲著老師和家長、湊在一起看色情雜誌的不良少年，前前後後大概有十來個人經過。他們有些只是在山徑上行走，有些則到樹下乘涼，但沒有任何一個人發現三妹就躺在那裡。」

「您就一直躲在樹上觀察嗎？」我愈聽愈是好奇。

爺爺搖搖頭，「大多時候是的，不過也有幾回例外。最誇張的是我那天遇上的最後一群人，是在近晚時分，有個小學教員帶上山來的一班學生。」

我睜大眼睛，「一整班孩子都來了？」

「是啊，」爺爺聳聳抬頭紋，「我在樹上遠遠瞧見這班孩子來了，心想就算我窩在樹上，八成也會被他們給發現；這麼大年紀的人還學小毛頭爬樹戲耍，可真不知如何解釋才好，於是乾脆先溜下樹，心想再另外找個地方藏起來吧；但這一傢伙有幾十個孩子上山來，還有哪裡會不被他們給翻過？我心裡頭正急呢，突然聽見有人喊我的名字。」

「小學生叫您的名字？」我怪道。

「不是小學生，」爺爺回答，「是那個帶隊的教員。」

小學教員原來是爺爺的舊識，遠遠地瞧見爺爺站在樹下東張西望，於是便出聲招呼了起來。

既然被人給發現了，爺爺當下決定以不變應萬變，堆起笑臉回答，「怎麼這麼有興致，帶學生來郊遊？」

「不是什麼郊遊啦，」乾瘦的教員呼呼呵呵地一面喘氣，一面笑著，「上自然課提到昆蟲嘛，所以就趁著天兒還沒晚，帶孩子們上山來看看能不能找到什麼蟲子，這裡大概沒有多特別的物種，不過螽斯蚱蜢之類應該不少——您知道的，大自然就是最直接最眞實的教材嘛。」

「要是在大自然裡發現一具屍體，就不知道算是什麼教材了；要是三妹在這時候蠕行了起來，可就更精采啦！」爺爺在心中暗道，不知是擔心還是促狹，嘴上也笑著回答，「可不是嗎？呵呵。」

瘦教員在爺爺面前停下腳步，身旁的那群孩子不用吩咐，已經四下散開，到處翻找了；教員掏出條大手帕揩了揩汗，道，「您是上來看風景的嗎？眞有閒情逸致啊！」

爺爺一邊支支吾吾地敷衍著，一邊偷眼注意那群孩子的動靜：幾個孩子撥開長草、幾個孩子攀上樹梢、幾個孩子趴在地上像幾隻雨夜出動的青蛙，遠處則有幾個孩子也許是抓到了什麼，像捕捉到動物的獵犬似地高聲呼喊了起來。

但是沒有一個孩子對縮著身子的三孃婆有任何反應。

「讓孩子們自個兒去玩吧，」爺爺還在四下偷偷觀察，瘦教員又開口道，「咱們到樹底下去歇會兒如何？」

暗一咬牙，爺爺把心一橫，「當然、當然。」

早上警察在樹根旁留下的尿漬，有部分已經被陽光蒸乾，後來在樹底下乘涼的村民又踢上了幾層沙土，所以現在已經聞不到那股混著酒氣的騷味。瘦教員客氣地讓爺爺先走，爺爺兵行險著，故意在自己和三孃婆當中留下了個空位；果不其然，瘦教員就在三孃婆身邊坐了下來。

「今天挺熱的，是吧？」瘦教員又在擦汗，「本來我這自然課應該是下午的前兩堂課，幾天前我算算進度剛好，就打算趁機會帶孩子們到郊外走走，但這麼熱的天兒，就算孩子們不怕熱，我自己可能也頂不住，所以就同其他老師調了課，晚了兩小時帶他們上山。這些孩子有點兒吵鬧，您可別見怪啊。」

爺爺臉上掛著笑搖著頭，暗暗注意著教員的動作；教員擦擦汗、環顧四周注意著孩子們的動靜，幾回視線掃過身邊的草地，卻對三孃婆視而不見。

「老師，老師！」幾個孩子從遠處邊喊邊跑，朝教員和爺爺奔來，其中一個孩子兩手虛握，想來是抓到了什麼東西，「您看這是什麼？」

「小心！」教員提高音量，「別絆倒了！」

語音未歇，孩子已經跑到附近，被不動如山的三嬸婆給絆了一跤。

爺爺的脈搏瞬間加快，一顆心差點兒從嗓子眼裡頭蹦出來；孩子站了起來，拍拍膝蓋，疑惑地向身後望了望，似乎不確定是什麼東西絆住了自己。

「跌傷了沒有？」教員站起身來問道。

「沒有，」鄉下孩子成天在外頭亂跑，跌個一兩回對他們而言自然不算什麼；孩子搖搖頭，張開手掌，「但是我剛抓到的那隻蟲子跑掉了。」

「沒摔傷就好，」教員彎腰摸摸孩子的頭，又直起身子來喊，「大家要小心，注意安全最重要！」

「小朋友，」爺爺按捺不住地發問，「地上是什麼把你絆倒啦？」

孩子又回頭看了看，對著爺爺晃著腦袋，「我也不知道；地上什麼都沒有，大概是我自己不小心吧？」

剎那間，爺爺明白了一件事。

○

「您是說，」我的眉心緊鎖，絞成一個不可思議，「除了我們自家人之外，其他的人都看不到三嬸婆？」

爺爺緩緩地點著頭，「沒錯。我這才明白，無論是一早來的警員，還是同我攀談的教師，他們並不是沒注意到草堆裡的三妹，而是看不見她——不知道是什麼原因，大家對三妹都視而不見。但從這個小毛頭的遭遇看來，我也發覺：三妹替自己找的這個藏身處，主要的原因並不是怕被人瞧見，而是擔心同其他人發生實質的接觸——尋常百姓雖然瞧不見她，但卻碰得到她，在草地上絆跤的小鬼頭可能不怎麼懷疑，但要是在大馬路上被頭腦清醒的成年人給踢著了，就可能會引起不小的麻煩。」

「然後呢？」我追問，「三嬸婆就這麼一直待在那個草叢裡頭？」

「不，」爺爺長長地呼出一口氣，唇邊的鬍子微微地抖了幾下，「等到日頭一落，三妹就又動作了起來。」

「所以，」我接著猜測，「蠕行的先人們都是入夜後才會行動？」

爺爺頷首，「沒錯：這也是三妹沒把自己藏得更嚴實的原因——因為太陽出來啦。入夜之後，我跟著三妹走進鄰村，在小巷弄裡頭穿來繞去，三妹蠕行的速度明顯快了許多，可能是因為這回沒有爬坡的麻煩，也可能是因為她開始熟悉蠕行的動作了。走了一夜，我們已經走到村子的盡頭，等到天一亮，她就又在巷弄的陰影裡頭蜷了起來。」

我恍然大悟，「白天躲在大家不容易注意到的角落，夜裡再開始蠕行，尋常人等又看不見——原來這就是蠕行祖宗們沒有被人發現的原因啊！爺爺，您想這事情家族裡的長輩們知不知道？」

「我不確定家族長輩會不會知道這回事，畢竟咱們都被告誡：不得跟蹤蠕行的先人；所以按理說來，應該不會有人知道這件事。」爺爺想了想，又道，「但也有另一種可能，就是掌管家族機密事務的某些長輩或者先前的祖宗們，可能對這個事實瞭若指掌，但爲了不讓其他族人們知道，所以才禁止我們跟隨舌行的親人向北前進。」

「但是……」我支著下巴想了想，「這事兒就算我們知道了，那又怎樣呢？我們不但能夠死而復生、葬後蠕行，而且還擁有某種常人無法得窺的神奇力量，這不是很光榮嗎？」

「是嗎？」爺爺反問，「小鬼，你眞的覺得，在百年之後無法入土爲安，得在地上像條蛆蟲似地歪來扭去，而且還被世人所忽視——這樣的事情，眞的很光榮嗎？」

「啊？」我一下子張口結舌，不知如何反應。

貳·柒

爺爺的問題充滿懷疑，從語氣就可以聽出爺爺已經否決了所謂「蠕行是一種光榮」這種講法，但，爺爺為什麼如此斬釘截鐵地否認這個數千年來，一直被家族視為光榮的動作呢？

在世的時候延續老祖宗的事功，持續替當權者以及自身家族發聲，在暗裡決定歷史的長相；謝世之後便躍出墓洞，追尋著身為北方帝王、飛升墨龍的先祖足跡，既驕傲又謙卑地向北蠕行——這是每個舌行家族成員畢生的志業、憧憬的標的。活著的時候操持業務的成績自然有好有壞，但葬後蠕行畢竟是這世上獨一無二的家族特質，舌行一脈自然引以為傲。

不提別的家族成員，光說我自個兒吧：雖然我對於舔舐歷史細胞的家族事業不以為然，但對於親族能夠在現世行使奇蹟這事兒，卻不能說不帶著一點兒自認為優於他人的洋洋得意。

想到這兒，我不禁覺得有點兒好笑：自個兒認為家族事業帶著噁心、貪生怕死，而且還愛上了外姓女子，分明就已經是個敗壞門風的浪蕩子弟；但提起這個所謂的光榮祕密，心裡頭其實還是充塞著滿滿的「爽」字兒。這到底是因為這件事有多偉大多了不起的觀念，打咱們年幼時就已經被重複地灌進腦子裡頭，所以無論如何還是會被制約似地感覺驕傲？或者其實我只是個啥都沒想清楚的糊塗蛋，像那種一面高喊打倒資本主義反全球化，一面吃海陸大餐買跨國名牌的虛偽革命分子？

我在腦子裡把爺爺的一席話整理了一回，得到幾項關於葬後蠕行的第一手描述資料：

第一、葬後蠕動、舌行向北這回事，對死後復生的肉體並非絲毫無損——在爺爺跟蹤三嬸婆向小山上行進時，就瞧見了三嬸婆因為磨破皮膚而滲出的體液。

第二、蠕行這回事可能不是真的「復活」，因為爺爺已然提過，從三嬸婆身下傷口流淌出來的並不是鮮血；再說，復出蠕行時的先人具備了某種欺瞞世人眼光的能力，同電影裡的透明人一樣，只要不發生實質的接觸，就沒有人會發現舌行家族正從他們的腳邊悄悄地伸縮著身體，緩緩地向北前進。

在我想來，咱們家族葬後蠕行這個神祕事件，至少包括以下幾個不可思議的謎團：一、葬後還能夠睜眼蠕行，到底有什麼科學原理？二、蠕行向北，最後到底會抵達什麼地方，過什麼樣的生活？三、為什麼舌行先祖們一路朝北蠕行，卻沒有被任何人發現？

雖然爺爺已經坦言尚未解開葬後蠕行的所有謎底，但至少已經讓我明白蠕行時不被外族民衆發現的原因；只是這個解答勾引出了另一個疑惑：爲什麼其他非家族成員會看不到我們這些死而不僵的舌頭？這個問題，似乎同葬後蠕行一樣，找不出什麼令人滿意的科學解釋。

至於蠕動北行的目的地是哪裡，爺爺還沒講到，但既然爺爺已然跟蹤過蠕行的三嬸婆，想來只要我繼續捺著性子聽下去，在整套故事的後半段，爺爺應該就會爲我揭曉這個謎底。

三道謎題，解開了兩個，卻還留下兩個，這是怎麼回事？雖說數學不好是我打小就挺有自知之明的事實，但一天之內被提醒兩回，實在也太令人沮喪啦。我的腦袋沒啥頭緒地胡亂轉著，晃晃悠悠地繞回爺爺剛剛反問我的光榮問題上頭，停止了運作。

照爺爺的描述想像起來，先人蠕行時的模樣似乎比我們爺兒倆今早的都市街巷潛行更加的鬼祟猥瑣——難道爺爺是因爲舌行的情境不夠稱頭，所以認爲族裡所謂的光榮，其實一點兒都不磊落？

我搖搖頭，把這個想法甩出顱腔；或許趴貼在地面上扭動前進不算什麼體面的動作，但是咱們家族進行的事業本來就伏在這個世界的裡層運作，在百年之後做出如此舉止，似乎也沒什麼好介懷的。爺爺對於族裡世代認定事功的否決，應該不是這麼簡單的原因。

沉吟了會兒，我決定不理會爺爺其實已經自個兒有譜的問題，直接針對爺爺的結論發問：「爺爺，您爲什麼覺得葬後蠕行根本不是什麼光榮事蹟？倘若這種沒有別人能夠辦到的事兒讓咱們親族給辦到了，這都不算是件光彩事兒的話，那麼您覺得這該算是什麼呢？」

「爺爺覺得，葬後蠕行不是舌行一族永世的光榮；非但如此，」爺爺瞪著我，從鼻孔噴出兩道既有力又持久的呼息，清空了肺裡頭的空氣後，才半是委靡半是放鬆地回答：「這還可能是我們萬年背負的天譴。」

○

一段時日過去，爺爺開始歸納出一些三嬸婆蠕行的規則。

三嬸婆蠕動的行跡雖然會因著巷弄錯縱而改變方向，但整體看來，的確是向著北方一段一段地挺進；每到破曉時分，三嬸婆就會開始就近尋找藏匿地點，務求在旭日東升之前將自己妥適地隱遁在暗巷角落當中。爺爺還發現，倘若三嬸婆蠕行進入了咱們舌行家族旁支成員居住的城市或村莊，三嬸婆就會繞道行進，避開親族們的住所或者工作地點。

摸清楚了三嬸婆的蠕行習性，加上明白三嬸婆在光天化日時分也不至於被其他人發現，爺爺的跟蹤於是變得簡單許多，不但不需要亦步亦趨地跟在三嬸婆身後前進，甚至還可以在短少旅資的時候，想方設法地打幾天零工、攢幾餐便當錢，或者睡幾天好覺，只要再辨明方向，朝三嬸婆可能藏身的地點翻找幾次，一定就能夠再跟上三嬸婆的行動。

跟蹤計畫開始變成例行公事後，爺爺便開始思考起蠕行的意義——舌行家族的成員每個都知道，葬後蠕行是家族傳承裡最後、也最神奇的一項光榮行動，但爺爺每回端詳穿著日益破敗的灰暗壽衣、貼在地面上辛苦學蛆走路的三嬸婆，腦袋裡實在沒法子把這種景況同「光榮」二字扯上關係。

當然，爺爺也明白自己的這種想法太過一廂情願；事實上，想要了解對於葬後蠕行的感受，三嬸婆就是個近在眼前的第一手資料來源，開口問問不就得了？

想到這點，爺爺才發現自己想問的還眞不少：蠕行時候有沒有運動肢體或者創口疼痛的感覺？蠕行的怪異姿勢進行起來辛不辛苦？在蠕行的時候到底對於自己的舉動有什麼感想？如何能夠在天色未明之前找到最近、最合宜的藏身地點？每回經過其他族內成員居住的市鎭就得故意繞道，是不願意讓家族成員瞧見蠕行時既辛苦又卑下的醜態？還是不想讓其他家族成員意料之外地撞見蠕行先人、不小心壞了族裡的規定？

雖然只要張嘴發問，上述的問題都可能獲得解答，但爺爺卻遲遲沒有行動：一來是因爲家裡頭的教養讓爺爺心裡頭多少有點兒疙瘩——就像在小山上頭，爺爺不敢冒險碰觸三嬸婆一樣——縱使爺爺已經叛道離經地跟蹤著北行先人，但要當眞同蠕行的親族發生進一步交流，爺爺心中畢竟還是有些疑慮。

再者，三嬸婆的反應，也讓爺爺感到大惑不解：能夠分辨方位、尋找路徑，還能將自己在失去行動能力之前安排到妥適的位置，這種種跡象都顯示，蠕行中的三嬸婆的腦袋清楚、思慮分明；但倘若三嬸婆當眞靈台清明的話，怎麼會對三不五時就跟在自個兒身後的爺爺不聞不問呢？就算不出言呵斥爺爺的不當舉措，也該看在親兄妹的份上，同爺爺打個招呼吧？或許舌行家人在死後就沒法子開口說話了（舌頭死了後反倒不能說話，爺爺心忖，這倒是挺有趣的一種情況），但三嬸婆對爺爺一直沒有顯露任何肢體或表情上的反應，難道是親族們在過世之後，就會忘掉關於生前的一切？實在奇怪。

老把問題憋在心裡頭不是爺爺的作風。在北行了兩個多月後，一個近晚，爺爺終於下定決心。

夕陽還沒完全西下，三嬸婆蜷曲在一個被雜物堵死的窄巷裡頭，灰撲撲的似乎只是一抹地面上的暗影。爺爺等在三嬸婆身旁，四下沒有其他閒雜人物。

日頭沉了。

三嬸婆似乎馬上感受到了黑暗，稍稍動了動，開始舒開身軀。蜷曲了一整天，加上長期蠕行（或者只是因爲已經死了太久？爺爺皺著眉想到這個可能，又自己把這念頭踢出顱腔），三嬸婆的身體似乎十分僵硬，伸展得不怎麼順當，間或發出怪異的霹啪聲響。

按理來講，蠕行之前全身的骨骸就已經都碎啦，這些響聲是打哪兒來的？爺爺沒有工夫細究，趁著三嬸婆緩緩舒展的當口，爺爺蹲在三嬸婆面前，悄悄地道：「三妹，我是大哥呀；」爺爺遲疑了會兒，問，「妳還認得我嗎？」

剎那間，三嬸婆的動作似乎出現了些許的停滯，彷彿是個道貌岸然的老師，幾天前才將從學生手上沒收的黃色小本子藏在抽屜裡，現在正趁著四下無人時愉悅地翻閱，卻甫聞人聲、驚惶地瞬間忘了該如何動作似的。

三妹對我有反應！爺爺的欣喜情緒才剛剛燃起一點兒火苗，卻馬上又被眼前的事實呼地一聲吹滅——三嬸婆的停滯只維持了幾分之幾秒，接著又繼續伸開肢體，翻成腹貼地背朝天的姿勢，表情變都沒變。

「妳聽得見我嗎？」一瞧三嬸婆又擺好了蠕行的預備姿勢，爺爺急急地問，「妳到底要蠕行到什麼時候、要向北前進到哪裡去呢？蠕行的時候，妳都在想些什麼呢？有什麼感覺呢？我們在入殮之後為什麼還能再重新醒來呢？妳，喂……！」

毫不理會爺爺的連串問題，三嬸婆聳高髖部，斜斜地繞過蹲踞在自己前方的爺爺，開始蠕行。

○

「三妹繼續蠕行，我呆了半晌，追了上去；」爺爺吊高眼睛望著灰泥剝落的天花板，額上擠出了層層疊疊的抬頭紋，「在那個剎那，我想我已弄明白了葬後蠕行的意義。」

爺爺看起來有點兒悵然，雖然有些不忍，但我的好奇心已經將問題很不體貼地踹出喉嚨，「爺爺，你明白了什麼？」

「小鬼，」爺爺垮下肩膀，「我認為，三妹剛剛表現出來的短暫停頓反應，很可能只是爺爺一廂情願的錯覺而已：你三嬸婆根本沒有聽見我在說什麼，可能也已經不認識我了。」

爺爺放鬆坐姿，向後仰了幾度角，雙手撐著地板，繼續道，「舌行家族在世的時候，蒐集了世界上大大小小的資訊，替當權人士做出發聲的判斷，尋常百姓不知道咱們做了什麼，只知道跟著咱們的筆頭舌尖蹬蹬地跳舞。咱們覺得自個兒就像是莊老夫子提過的那隻楚國大龜，不同的是老夫子他認爲大龜寧可活在泥塘裡搖頭擺尾，也不願死後留骨被祭在權勢宗廟當中，而咱們不但能在滾滾濁世裡頭翻來滾去自得其樂，也很明白政府大廟裡頭供著的那些傢伙，其實是咱們形塑造就的。」

「但在過世之後呢？」爺爺頓了一下，清清喉嚨，「咱們彈出墓洞，貼在地上扭腰擺臀，無法接收到任何外界的訊息，世界對咱們也視而不見。咱們就像一整列不會思考的隱形蛆蟲，依靠著某種不知從何而來的本能，一個勁兒地朝北前進。」

「但爲什麼您覺得這是種天譴呢？」我還是搞不懂爺爺的邏輯。

「小鬼，你想想，」爺爺沒有不耐，但解釋的語氣聽來有點虛弱，「咱們一直認爲自己家族掌握著歷史的祕密，可以決定未來擺布過去，雖然沒人明白舌行一族的底細，實際上咱們卻自知是人中龍鳳、高高在上。但在百年之後呢？咱們得伏臥在所有人的腳底下，斷絕所有的訊息接收，不動腦筋、只憑藉著不知所以的驅力艱難地挪動——爺爺認爲，這明擺著是一種對我們在世時生活方式的嘲弄反諷：你以爲你什麼都知道？現在你什麼都無法知道；你以爲所有人都跟著你動作？現在根本沒有人會注意到你；你以爲你是條會思考的舌頭？現在你只是條沒腦的蛆蟲。」

說著說著，爺爺的火氣漸次上升，聲音也大了起來，「你以爲自己正在進行千年以降的光榮傳承？我以爲這根本就是冥冥之中有個力量要舌行家族認清自己根本沒那麼了不起；這算哪門子光榮？我認爲咱們家族要不是壽星老兒跳舞、一派老天眞，就是生鐵鑄成的土地爺、硬說自己是尊神！」

我想起葬禮上父親與我四目相對的時刻，不敢確定爺爺這個「蠕行時沒有意識」的推論是否正確，但又不敢直接出言質疑爺爺；拱拱背縮縮頭子，我問：「爺爺，假若說這葬後蠕行眞的是某種懲罰，那麼又是誰加到咱們家族身上的？把這件事當成畢生的光榮自然可能是族裡頭流傳下來粉飾太平、自抬身價用的官方說法，但到底咱們族裡有沒有留下什麼紀錄提及這事兒？或者清不清楚這樣的意義呢？」

「我不知道。」爺爺嘆了口氣，「當然，這有可能只是我這老頭子的無端臆測，但我覺得我的解釋，要比家族裡頭的官樣文章來得有說服力；再者，認識那位眼珠子老友後，他所提供的資料也支持我的這種看法。家族裡頭與咱們相關的族誌紀錄我全翻遍啦，關於蠕行的原因寫得全都一模一樣，沒有一行字提出不同說詞，家裡頭的人——包括你老子在內，所有人都盼望著光榮的蠕行，沒有人明白這層意義。」

「我想也是；」我點點頭，「其實我也試過，想要從族中紀錄找出這個祕密。」

「哦？」爺爺揚起錯落的眉毛，眼睛裡燃起了一團興趣：「小鬼，爺爺不在家的這幾年，你幹過什麼好事兒？」

貳・捌

姪子問過我是否相信「葬後蠕行」的官方說法後，我接著想起：倘若葬後蠕行這件事其實有個隱而未顯的眞實意義，那麼千萬年來被我族先人舔溼浸潤的歷史，是不是也可能還留下原初的眞實紀錄？

我當然知道絕大部分人都把歷史當成是一種理所當然的事實，但有的時候我也懷疑：現實世界裡頭到底有多少人認眞地看待過自小而大成長過程中，經由教育體制汩汩灌進自個兒顱腔裡頭的歷史紀錄孰眞孰僞？

從爹娘到大個頭女老師辦公室把我領回家的那個晚上開始，我就已然開始稍稍掀起咱們家國歷史的裙腳、偷偷地往裡頭瞧見一些暗裡不公開的玩意兒了。叫我訝異的是，在年齡漸長之後，我才發現，除了咱們氏族之外，種種枱面上頭的紀錄，其實或多或少都逃脫不了被桌子底下的暗盤黑手操縱改寫、控制扭曲的命運。

摻雜各式賭局的國際級運動競賽，各級學校名爲增進學生思考能力實爲教師動手製作以揚顯校名、將高階行政主管拱向公職肥缺的校際展覽，社會新聞裡頭刻意提及與故意忽略的罪狀細節，以及扛著民族振興大義或者宗教除奸濟世大旗、眞正圖謀卻是幅員私利而相互殺伐長久不停的爭戰……在當代也許有或多或少的人能夠同時看見事件的許多面向，但實際上版本中的說辭愈是虛僞就愈是歷久彌新。長久下來，眞相這個詞兒早就是層輕飄飄的虛殼兒，所有的現場都在時間的風沙裡被吹蝕得乾乾淨淨，就算是有人不服氣地提出反證，被質疑的也不會是白紙黑字，而是這人的記性兒。

那麼，像咱們這族同頭腦無關、自說自話的舌頭，大約該會知道所有隱蓋在歷史篇章底下的臭蟲跳蚤都是副什麼長相才是吧？

這個念頭，在我潛意識裡抗拒著課堂上頭歷史老師塡壓進我腦袋的史料時會特別活躍：咱們的宗族裡頭，一定有個什麼地方，收藏著無以數計的珍貴資料；這些資料每一項都比課本上頭的歷史更夠資格稱爲歷史，每一項要是曝光面世都會讓人對自己立足的土地定位產生自根本動搖起來的懷疑。

我開始想像：宗族祠堂裡頭一定有個這樣子的巨大密室，架上陳列的都是黑暗腥羶但眞實無比的歷史資料。

長輩眞的會在族人正式接手家族事業時，把這些眞相交付出來嗎？那我已經打定主意不從事家族營生，不就永遠沒機會得知眞相了？

隻身在外念大學時，有一段時間我根本不回老家；一方面是因爲隨著我年紀愈來愈大，對父親的消極抵抗態度也愈來愈明顯，回家之後面對父親，兩人只有不知所以的尷尬，二方面是當時我與她的感情關係日益明顯，兩個年輕人要是能夠遠離長輩享受一點兒溫存，誰還想要回家被爹娘管教？

○

過了一陣子，母親開始來電詢問，她有時代我接聽，從她轉述的語氣裡還是聽得出母親的不滿及怨懟；我思考了一會兒，決定利用期中考結束之後的幾天空檔回老家瞧瞧，雖然父親已然明顯對我採取半放任的不聞不問態度，但她認爲我好歹得回家陪陪母親，再者，我也覺得有機會回家，應當可以利用這趟名爲省親的回鄉時光，開始自己尋找史料祕密的偉大志業。

哪還能等到這祕密明明白白地交到我的手上？更別提我根本不打算加入擺弄歷史的行列；況且，長輩會交接祕密這事兒也只是我和姪子的猜想，說不定根本就不會發生呢！

是的，還等什麼等？有機會的話，我應該自個兒動手才對！

回到老家後，母親有空時我就陪她聊天閒談，沒事的時候我就溜到家族祠堂去翻翻找找。家族祠堂裡頭收藏著各式完善的典籍珍藏、各朝各代的善本經典，從各代正史造冊到稗官演義，不管是正經八百的《大學》、《史記》，還是玄奇有趣的《山海經》、《風物異目》，在藏書室裡頭全找得著。厚厚的幾排族誌我從小就已經翻讀得滾瓜爛熟，很明白裡頭絕對沒提過什麼「歷史眞相」這種東西。

所以這回我打算放棄族誌，改在別的書上頭下工夫；問題是宗祠裡的藏書數量多得無法想像，我在一個又一個的藏書室裡流連尋找，白搞了幾天，自己心目中想像的那種巨大內幕根本就沒有影兒，就像是月球上那些個缺口窟窿所組成的陰暗形狀，雖然想像起來妙趣橫生，但實地登月一瞧，土洞卻怎麼也不會眞的變成嫦娥玉兔和吳剛伐桂一樣。

怎麼想都覺得不可能，但事實上就是找不著，我想要窺探的眞相居然如同沒打草稿的謊言一樣不切實際，說起來眞是可笑至極。有天晚上，我獨個兒坐在陽台上頭發悶，晚風徐來，我決定讓自己發熱的腦袋降降溫，想想一些同母親聊到的事兒。

太久沒回故鄉，雖然以咱的年紀還不到訪舊半爲鬼的地步，但從同母親的閒談之中，聽聞舊日充塡在自己生活裡頭那些人物目前的生活景況，有時還眞能感受到一點兒南柯一夢恍若隔世的凄涼。

那天我聽說小學時期對著自己咆哮叫囂、體型巨大的女老師剛剛去世——這些人死了就得乖乖地窩在墓地裡餵養黑黴白蛆，不會像咱們家族一樣蠕蠕而行。我那時已經不怎麼喜歡葬後蠕行那種怪誕情狀，但這麼想起來似乎自個兒比大嗓門大塊頭的凶惡老師要了不起許多，不禁還是有點兒出了口惡氣的舒坦。

據說老師是因爲腦血管迸裂的毛病送命的，想起老師當年臉紅脖子粗直著嗓門叫罵的神情，我心想這死法還眞是實至名歸再合適不過。小學時代的往事這麼一回歸，我自然想起那次被罵是因爲自己說前夜一宿沒睡等著大孀婆葬後蠕行才惹來的麻煩。咦？

我倏地坐直了身子。

家族墓地裡頭雖然一直有葬禮舉行，但事實上那塊地裡頭半個先人都沒埋過。想像中的內幕藏經，會不會就在那裡？

○

我決定等到夜半三更、大家夥兒都入睡了再行動；雖然只要再忍耐幾個小時，但我覺得自個兒坐立難安，猴急得像正等著出門赴約精蟲衝腦的毛躁小子。

「冷靜點兒。」我在心裡頭對自己說，希望自己舉止正常，別讓家人們看出什麼不對，尤其別讓父親起什麼疑心——開挖祖墳可不是件小事兒，就算那個墓洞根本沒有埋過任何一位祖宗，但我想起從前自己曾經建議把墓穴灌漿塑形、好方便後續族人使用，馬上就被母親念了一頓，說什麼這樣可能有損風水靈氣，那麼現下我打算掘那方地，眞被族人知道了還得了？

時針分針慢呑呑地相互推擠，終於過了半夜；我把房門打開一道小縫，側耳聽了聽，整棟房子都靜悄悄的，只有壁虎不時會不明所以地鬼叫幾聲。

我打開窗戶，溜出家門，興匆匆地挨進宗族祠堂旁的小工具房，拎了把圓鍬摸黑跑到墓地，開始不明就裡地胡挖一通。

家族墓地占地不小，用來舉行葬禮的墳洞方位經過五行推算，以期去世暫居墓穴的族人能夠在最短的時間裡吸收最多的天地靈氣。我移開掩蓋墓洞的門，開始胡挖，或許是因爲熱血幹勁衝昏腦門，所以雖然體格不怎麼健壯，卻也在一頭熱的高昂情緒裡把整塊地掘了個亂七八糟。

狠狠地幹了大半夜，我啥也沒挖著，只是不小心腰斬了幾條蚯蚓。正當我停下手在一壠壠雜亂土崗之間呼呼喘氣的時候，突然聽見身後傳來一個冷冷的聲音：「你大半夜的在這裡幹什麼？」

這個熟悉的聲音把我的滿腦熱血在一瞬間結凍冷卻粉碎，龜樣兒地內縮在小腹臍下附近，我一下子從揮舞著正義圓鍬開挖歷史眞相的英雄，變成半夜蹺家發神經的窩囊貨色。怯生生地轉動脖子，我向後瞧去，看見父親橫眉豎目地站在墓地外緣，後頭一行排排站得像廟裡羅漢的，是看守墓地的幾個堂叔。

家族墓地有人看守啊！我在心裡頭暗罵自己糊塗，這事兒自己明明知道，怎的一興奮起來，就忘得一乾二淨了？

我在祠堂裡頭列祖列宗的牌位前頭跪了大半夜，身上全是父親下手極重的教訓痕跡——那天晚上，父親總共抽歪了三支鐵絲衣架子、打折了兩根上頭刻著家法的竹條，還在揮舞皮帶鞭打我的時候甩飛了金屬製的皮帶頭——這些傢伙在鞠躬盡瘁之前，全在我的身體四肢上頭留下了精采的圖樣。

幾位堂叔本來同父親一樣憤憤不平，但父親實在打得太狠，他們終於也開始看不過去；不過，堂叔們想上前勸勸的時候，瞧見父親惡狠狠的表情，又一個個退了回去，縮起脖子沒敢言語，還有位堂叔乾脆偷偷提腿離開了祠堂。

父親不知道是打上了癮頭還是覺得我已然萬死亦不足惜，丟下少了金屬扣的皮帶，一巴掌甩脫了我的下頷關節。在那個瞬間我覺得耳膜繃得緊緊的似乎悶住了鼓譟的心跳，只要父親再來一個耳光，它們就會衝破臨界點馬上爆炸。

被打腫的臉頰高高隆起，推著我的下眼瞼把本來就不大的眼睛擠成一道細細的線，我從透進眼縫的微微餘光中看見，父親剛括過我左頰的手掌已經衝到了弧形運動路線的盡頭，馬上就會有另一個回掌著落在我的右邊臉上。

我閉上眼睛等待自己今後再也不能聽見聲音的命運當面撲來，勁風拂面，我知道時間到了。

咦？

預料之中的最後一擊沒有出現。我偷偷撐開一隻眼皮，發現母親把父親的手給拉住了。母親怎麼來啦？我痛得有點兒發暈，過了會兒才想起：八成是方才偷偷開溜的堂叔去替我搬的救兵。

「孩子的爸，」母親說：「別生這麼大的氣，小孩子生性好奇，你也打夠啦，回家歇著吧。」

也許母親的話是解除魔咒的關鍵語句，父親滿布血絲雙眼裡頭充塞的狂氣突然收斂許多，汗水在剎那間層層覆蓋了父親的額前鼻翼手掌頸項，順著他的鼻尖下巴滴向我的傷口；每落下一顆汗珠，我就好像可以聽見汗水點子滲進傷口的剎那發出嘶嘶的音效。

自開始動手以來，父親似乎第一次發現自己居然已經對兒子下了如此重手，他放下手臂，呼呼地喘著氣。母親在一旁輕輕拍著他的背，半拉半攙地把父親帶到祠堂外頭，叮囑一位堂叔把父親送回家裡。

「你大半夜的跑來胡挖祖墳，到底想要找什麼？」母親回到我身邊，蹲下身子問我，語氣裡沒有氣憤，沒有擔心，彷彿只有純粹的好奇。

父親這麼一走，我似乎馬上感染了他的疲倦辛勞，父親的汗水與我的汗水相互合作，浸蝕著身上的每道傷口搞得我既癢且痛。「我只是想知道，咱們家族世代以來，有沒有寫下眞正的事實紀錄？」我咬著牙回答。

「眞正的事實紀錄？」母親一怔，過了半晌才道：「孩子，如果連咱們舌頭都不相信自個兒要說的話，我們要如何讓聽話的人相信？家族裡頭並沒有你想尋找的這種東西。」

我張口結舌幾乎不敢相信自己的耳朵：「媽，您是說，連咱們家族自己都不知道歷史的眞相爲何？」

「眞相？」母親嘆了口氣：「你會慢慢明白，這世上根本就沒有眞相這回事兒。」

參

參．零

一陣窸窸窣窣的聲音，細細地鑽進我的耳道。

這聲音我熟。有人正在開門。

十字鑰匙插進鐵門的匙孔裡頭，逆時針轉了三圈，打開了鎖頭裡面的三道簧括。停了一會兒。然後鐵門輕輕地關上，金屬卡榫被彈簧推到定位時盡責地噹了一聲。接著是那把扁平鑰匙順當地穿進喇叭鎖門把的滑音，鎖括彈開的輕碰聽起來像某種不祥的巨響，在套房裡來去迴盪。

我睜開眼，腦腔裡啥都沒有一團空白，只知道藉著窗外洩露進來的微亮瞪著門把；它偷偷摸摸地向左轉了四分之一圈，然後連著門一同飄開。

一隻看起來柔軟滑潤的手臂伸進來摸索著牆邊的電燈開關，我還來不及出聲阻止，斗室霎時大亮。

「喂喂，」我抬著手擋著光，眨巴著直泛淚水的眼睛（父親再怎麼厭惡流淚，這種生物本能卻是如何教訓也改不了的；不過話說回來，父親自個兒有沒有法子控制這類情事？我可從沒想過要問）：「我醒著呢。」

「喔喔，」她輕輕巧巧地踏進房裡，伸指摁熄光芒萬丈的頂燈撳亮昏黃溫柔的夜燈，脫下高跟鞋之後，她的腳步聲安靜得幾乎無法察覺。我突然想起，在我被父母親從學校領回的那一夜，母親跨進我房間時，也帶著相同的輕靈動作。

母親來自幾個世代前就已移居他城的一支氏族，而那個城市正巧就是她轉學之前的故鄉，我記起當年同她談起這個巧合時，還發出過幾句「世界眞小」或者「緣分眞妙」之類的感嘆；而現下想起這回事，我倒是在一面眨眼的當口，一面好奇：是否在那個城市生活的人們，都懂得輕手輕腳四處移動的技巧？

她帶著香拂過我的臉，落下一葉同她一樣輕巧的面紙：「對不起，我以爲你還在睡。」她遞來的面紙上頭，飄著一絲來自她身上的香水味；這味道我很熟悉——在頭暈腦脹的時候，我居然還想到這回事——因爲那香水是某年我想學搞浪漫的小毛頭過情人節，特地到專櫃去買來送她的玩意兒，而且那天爲了試聞各種香水，搞得我鼻子紅腫，噴嚏連連。

我拿起面紙胡亂擦擦淚液，順便揩了把臉。面紙稍用點兒力一揩就破，不結實的騙錢東西；我瞧瞧破洞的面紙，突然想起嫌面紙不結實也是父親老愛掛在嘴邊的眾多嘮叨之一。這麼一想，我心裡頭覺得有點亂，無意識地把面紙在手心裡頭搓成一團，抬頭看看時鐘，訝異地發現那時分二針居然已然兜繞了好幾圈，現在時刻，已經是一般人家吃飽喝足看著連續劇相互享受嗝氣和腳臭的時候了。

「怎麼不睡了呢？」她在我的床邊放下肩包，撥了撥頭髮：「一般人整夜沒睡，第二天應該會成天賴在床上才是吧？」

「我是想睡呀，」我皺著眉，開始習慣了房裡的光線：「但實在是時勢不許啊。」

「什麼時勢如此逼人？」她脫去外套扔到床上，順勢坐上床沿，學著我的語氣反問：「居然連讓你睡個覺的時間都沒有？」

「第一回打算睡覺，」我揉著眼睛沒好氣地回答：「是妳打電話把我吵醒的。」

「那時你一定剛睡，」她看起來毫無悔意，也許骨子裡她就不知道愧疚兩個字長成什麼模樣：「我是算準了時間才打的；再說，我那通電話根本沒講多久。」

嘿，我的拇食二指停下揉按眼球的動作，腦子裡突然一個閃亮，想起自己早上對著電話發呆時撞進腦中的問題：她一向會讓鈴聲響到非得有人接聽不可，這代表她對於電話另一頭對方的行蹤有一定的了解——否則要是對方根本不在，那麼就算她硬是讓電話窮嚎一夜，也只會被說成呆頭，沒人會佩服她這方面的決心毅力。把這推論放進早上的經驗裡頭，可以知道她說她是算準了時間才打電話這事兒不假——但問題在於，她怎麼會知道我幾時回到家？

「妳怎麼會知道我在家呢？」我問。

「你昨天晚上下班、要回老家之前，就告訴過我說打算什麼時候回來啦；」她的表情看起來理所當然，毫不留情地把我的推理疑問貶成漿糊腦袋裡的番薯泥渣。

「有嗎？」我抓抓腦門，不敢確定。

她點點頭複述我昨兒個的說詞：「你說一加完班就直接開車上路，回到老家大約午夜時分，沐浴更衣參加儀式，全套搞定大概得弄到凌晨三、四點鐘；再趕回來大概能在八點之前回到這裡，稍事休息再去上班絕無問題——這是你自己講的；那我在八點鐘打電話給你，不是剛好？」

我眞說過這套計畫？「同我講完電話之後呢？」她問，不再讓我的懷疑有時間自我質詢：「你剛說那是你第一回打算入睡。那麼，第二回是誰把你吵醒？」

○

第二回？我的思緒被她拉扯回來面對問題，這答案讓我想起在自己入睡不到五分鐘之後再度睜眼所看到的事；我搖搖頭，覺得那情狀有點不可思議，甭說她不會信，連我自個兒都不敢確定。

原以為已經去世二十年的爺爺跑回來，不但身強體健、飛簷走壁，告訴我其實他根本沒死，還同我說了一大套的家族機密。大清早地在巷弄間潛行競走，爺爺負著我像個負重攀岩者一樣地貼牆爬上高樓，眼珠子、鼻子、耳朵與舌行家族之間我聽都沒聽過的祕辛，以及爺爺當年既刺激又無趣的跟蹤行動，這會兒全像大滷湯裡頭亂七八糟的成分，一團熱鬧地攪在我渾渾噩噩的漿糊腦袋裡。

「怎麼啦？」她湊過來，暖暖的手心摸了摸我的額頭，「生病啦？哪裡不舒服？」她溫柔的碰觸剎那間讓我覺得有點兒鼻酸，又想起極力在父親的威權管教下保護我的母親。回憶與眼前的關懷匯聚成一道熱烘烘的暖流，我突然明白這種感受才是眞正的現實，而與爺爺的一席對談，則像一個混亂的夢境一般不切實際。

爺爺當年在跟蹤完三嬸婆之後，決定叛離家族，獨自生活；後來還同一個眼珠子的成員接觸，甚至建立了穩固的友誼。跟隨蠕行族人的行動已經讓我瞠目結舌，後續的發展更讓我覺得不可思議：爺爺明白地告訴我，關於家族的這些事情他已經無力處理，我打算怎麼做，他也沒有意見；但知道了這些祕密的當下，我就已然在無法推拒的情況下扛下了某種責任，只是應當如何回應？我完全沒有想法。

告訴我這些做什麼呢？我不過是個家族裡頭的不肖子弟，一心想要獨個兒像普通人一樣，好好地過普通日子：找份還過得去的工作，娶個自己喜歡、也喜歡自己的老婆，沒什麼偉大的理想抱負，也不打算成爲撥亂反正、留名青史的英雄。

或許如同爺爺講過的，這只是因爲自己守著祕密太過沉重，想要找個人說說，而我又是唯一一個他信得過的親人；又或許爺爺嘴上雖然說不在意，但其實是希望我能夠搞點什麼轟轟烈烈的革命舉動？

爺爺實在找錯人啦，我嘆了口氣，在二氧化碳離開肺葉、從鼻孔散進空氣的當口，忽然又想到：或許我除了不願接手家族事業之外，還有什麼不為人知、也不為己知的天命，所以爺爺注定會接受冥冥之中的命運安排、讓我知道這些隱而未顯的事實，而我則能夠因此領悟，知道自己必須站起身來，成為某種改變現狀的關鍵分子？

不可能。我對自己搖搖頭；要是故事裡頭的天命眞主是個同我一樣的遜角，那這個故事肯定沒有讀者喜歡。

○

「你在想什麼？怎麼不說話呢？」她問。

我虛弱地甩甩頭：「說了妳也不信。」

「你沒說怎麼知道呢？」她不以為然地撇撇嘴：「分明是不相信我的判斷能力。」

我揉揉太陽穴，覺得自己累得沒有力氣同她爭辯：「爺爺來找我。還帶我到外頭繞來繞去，談了大半天的話。」

她睜大眼睛，房裡的光線雖然沒什麼變化，但覆在她眼中的美麗虹膜卻像在剎那間閃過一層不同的顏色：「眞的假的？」

剛剛才說呢，我也不知道這是眞的假的。倘若遇見爺爺這回事只是場夢就好了；這麼一來，我方才的所有擔心就只是莫名其妙的杞人憂天。我挪挪屁股，突然發現自己原來癱在那張彆扭躺椅上，這麼一動，躺椅馬上依照慣例失去平衡，理所當然地把我翻倒，右肘朝下撞向地面。

「小心！」她作勢要攙，不過地板已經像強力大磁鐵遇上無依小圖釘似的，將我二話不說地擁進它的懷抱。手肘一吃痛，我倒是清醒了點兒，正好來得及一歪脖子一抬腦袋，在千鈞一髮之刻拉起頭顱，才沒讓額角順勢同地磚熱情招呼。

「沒事吧？」她站起身來，我擺擺手，困難地坐起，嘆口氣，站起身子。

就在我直起身體的當口，長褲上頭半溼不乾的泥塊草屑全受了驚擾，像對塵世絕望的僧侶躍出崖頂殉教似地前仆後繼撞向地板，同我疏於照管的住處塵埃混在一起，共同成就了一場小小的土風舞表演。

她和我一起眨著眼，一時都覺得這場舞令我們目眩神迷。

參·壹

「哎呀，」我們目瞪口呆地一起欣賞完在我腿旁意外演出的塵土之舞，她才彷彿大夢初醒，輕輕拉著我的褲腳，問，「你的褲管上怎麼全是髒土？今天我要你好好在家休息，結果你到哪兒去鬼混啦？」

「我剛說過了；」我的聲音透著極度的、徹底的疲憊，彷彿大腦已經累得沒有氣力審視文字，它們於是自然而然直截了當地從我的舌尖滑溜出去，「今天爺爺來找我，把我帶到外面去繞了大半天，還談了許久的話。」

「爺爺帶你去爬山嗎？不然怎麼會搞得這麼髒？」她不大自然、短促地笑了笑，旋到我身後端詳了一會兒，又道：「說不定不只爬山，你和爺爺還在地上滾來滾去？你的身前身後也全是塵土呢。」

對啦。零零落落的思緒開始回到大腦裡頭拼拼湊湊，我想起自己告別爺爺、回到住處時，就是因爲身上太髒又累得不想更衣，才會索性在躺椅上休息，剛剛也才會糊裡糊塗地摔了一跤。

我搖搖頭，一方面希望藉這動作把七零八落的思緒甩回定位，一方面回答她的問題，「沒去爬山，也沒打滾；我和爺爺加起來一百歲啦，怎麼還會在地上打滾戲耍？」

她嘆了口氣，走回我的面前，伸出嫩白的手掌摩娑我因為一宿沒睡所以爬滿鬍渣子的臉頰，「你是不是睡迷糊啦？或者雖然我不知道，但你其實有夢遊之類的症狀？」

「啊？」我用可以把五官皺在一塊兒的力氣眨了眨眼，「夢遊？我？妳在說什麼啊？」

「嗯，」她輕輕地拍了拍我的臉，掌心貼著我的頰骨停了一會兒，我還來不及偏過脖子湊上前去像隻狗崽子似地磨蹭幾下，那層溫軟的皮膚卻又已經悄悄地抽離了，「爺爺來找你？爺爺怎麼可能來找你呢？我記得你同我說過，爺爺在你十歲的時候，就已經入土為安了呢。」

噹。

她的這句問話像把錐子似地直直刺進我的後腦勺兒，捅進一股尖利的寒氣，先是自頂而踵俯衝而下，再打尾椎部位緩緩升起；涼意才剛開始回頭上竄，我的背脊自髖而腋已然倏地冰涼得發麻，一顆一顆冷汗理所當然地滲出表皮，開始在我背部的皮膚上頭慢慢下滑，同所有死去的先祖一樣蠕蠕而行，觸著哪裡，就麻到哪裡。

雖然她明白我們家族有在三更半夜舉辦喪葬相關儀式的傳統，但一直以為那只是守靈或追思會之類的場合；親族死而復行的這回事兒，是絕對不准對外姓人言明的，我自然也從沒對她說過。

不過我們兩個認識多年，是故家裡頭的大小事情，她都多少知道一點兒，方才聽到她的疑問，我才發覺，一定是自己不知在什麼時候，已經同她提過爺爺去世的事兒了。

這可如何是好？

「混蛋！」父親四肢不動一挺腰桿從泥濘不堪的地面一躍而起貼到我的面前，惡狠狠地齜牙咧嘴：「我們是舌頭！是最懂得文字和語言的舌頭！你這混蛋居然連自個兒的舌頭都管不好、連自個兒說過什麼都記不住，你還算條什麼舌頭！」

啪！

○

我倒抽口冷氣兩眼一睜，發現自己蜷在床上，床單上溼漉漉一層全是我的冷汗。她在我的躺椅上睡著，看起來安詳恬靜彷彿身處另一個美好的世界。我揉著太陽穴坐起身來，看看時間，腦子逐漸同現實接上卡榫——現在是凌晨零點三十二分，大約二十四小時前我參加了父親的葬禮；十六小時前我見到二十年前說是已然去世事實上卻根本沒死的爺爺；五個多小時前我精神恍惚地在自個兒的住處同青梅竹馬的她說話，我記不得自己是什麼時候回來的，也記不得自己是什麼時候睡著的。

還有，我皺起眉頭：我記不得自己到底同她說了什麼？

不知我做了什麼動作，躺椅上的她搧動幾下向上彎出道漂亮弧線的睫毛，醒了過來。她伸了個懶腰，轉頭看見我目不轉睛地盯著她瞧，怪道：「怎麼啦？」

「沒事，」我清清喉嚨：「妳還好嗎？」

她愣了一下，笑了起來：「我很好，謝謝。倒是我想問問你是不是還好？」

「我？」我眨眨眼。

「是呀，」她點點頭，「你昨天晚上回老家去參加葬禮，然後連夜又趕回城裡。我好心地替你請假，希望你在家裡好好休息一天，結果我晚上過來一看，發現你非但沒有顧念我的體貼心意、乖乖地歇著，反倒不知跑到哪兒去胡搞，弄得渾身都是泥巴、滿褲管全是髒土——我問你：這是怎麼回事？」

「沒事、沒事，」我支吾了幾聲應付，搖搖頭，卻發現兩邊的太陽穴深處似乎沉澱了一堆頭痛的渣滓，經我這麼一晃，全都紛紛擾擾地揚了起來。

「我是什麼時候睡著的？」我開口問她：「怎的一點印象都沒有。」

「睡著？」她的眼裡盛裝了百分之百的擔心，摻上一點點兒的揶揄：「你沒有睡著，你昏倒啦。就在你同我說你被爺爺帶出去跑了一整天、我表示懷疑之後，你站起身來，然後就莫名其妙地一個大迴旋，咕咚一聲撞到地上去了。我費了好大的勁兒才把你搬到床上去，你都沒感覺嗎？」

「沒有。」我撇撇嘴，心裡直犯嘀咕，奔波了一天，自己真的這麼頂不住，說說話就暈倒了？我想起她打開我房門進屋的時候約莫是晚上八點鐘左右，也就是說，我這麼一暈，就糊裡糊塗地過了三、四個小時？

她半邊臀部坐上床沿，湊過臉來直直地看進我的眼裡：「你的狀況看起來不大對勁，要不要去看醫生？還是明天再請一天假好好休養？」

「不行不行，」我一個勁兒的搖手：「這事兒行不通。公司的事情一大堆，我今天已經一天沒進辦公室，待辦事件大大小小，大概已經把我的桌面堆成如假包換的鐘乳石筍地理景觀了。我還好，明天上班沒問題。」

「沒問題？」她皺皺眉，嘆了口氣，「那你要不要告訴我：你那套爺爺來訪的說辭，到底是怎麼回事？」

○

誠實就是最好的對策——有句外國俗語如是說。

當然，這類警世勸人的俗語大多非常政治正確，聽起來似乎理所當然，事實上卻近乎不食人間煙火；就拿我現下的例子來說吧，倘若對她坦承：爺爺沒死哦，不過我也是到今天早上才知道的；她八成會問：難道有個老頭對你說「我是你爺爺，我沒死哦」，你就相信了嗎？我就老實回答：是啊，我信呀；她一定會繼續追問：死而復生是不可能的，你怎麼會相信這種鬼話呢？那我繼續誠實以告，就免不得要回答：因爲我們家族的先人會葬後蠕行啊；那她免不了會驚疑地問：這是怎麼回事？我怎麼從來沒有聽說？這麼多年來你怎的都沒告訴我？……沒完沒了。

不成。不能據實以告。

但是我被爺爺帶出門外（事實上，是拎出窗外）這事兒已經出口了，來不及收回，所以我得想個法子，從這句話的後頭把事情給繞回來，把不可思議的橋段扭成合情合理的情節。

「是這樣的，」我清清喉嚨，「在我十歲那年，爺爺根本沒過世。」

「但是……」她皺起眉頭，「你明明告訴過我……」

我打斷她的疑惑，「事實上，我也是今天才知道這回事兒的。就在凌晨葬禮結束、我離開家門，正準備開車回來的時候，有個人從暗處叫喚著我的名字。我轉頭一看，那人居然是爺爺，嚇得我一時間以爲自己見到鬼了。」

「爺爺看我臉色不對，」我腦子裡編排的故事愈來愈明白，敘述也就愈來愈順暢，「一個箭步跨上前來扶著我的手臂，我突然發現爺爺是人不是鬼──他的手掌溫暖有力，正是老當益壯的證明。」

「你一眼就認出那位是你的爺爺？」她的眉心還是鎖得很緊。

「是啊，」我用力點頭，以誇張的動作來強調我的肯定，「這二十年來，爺爺幾乎沒有改變，健康得很；我們接著聊起一些我小時候的往事，他也說得一字不差──他絕對是爺爺，沒錯兒的。」

她撥開一縷滑過耳際的長髮，「那麼……爺爺這幾年到哪兒去啦？爲什麼你說他已經去世了呢？」

「爺爺說他一直在國外做生意，」我解釋得理直氣壯，「他當年決定要出外闖蕩的時候，同家中長輩鬧得不大愉快，所以這些年從來沒同家裡頭通過消息，直到最近聽說我父親過世了，他老人家才悄悄地回鄉一趟。」

「聽起來你的個性，八成是來自爺爺的遺傳。」她的聲音放鬆了些，還感覺得到一絲笑意。

我聽出她已經開始採信我的說辭了，於是打鐵趁熱，再接再厲，「本來因爲我打算再回城上班，所以提議載爺爺一程，也好趁機敘敘舊、聊聊這些年家裡和我的大小事情；我先把爺爺載回這裡，想要先歇會兒，出門上班時再送他到機場去，結果就接到妳的電話啦。」

「同妳講完電話，我一時也睡不著了，」我兩手一攤，「爺爺的精神倒是很好，見我不打算再睡，說他好久沒回國啦，要我陪他出去走走。」

她點點頭，過了會兒，像想起什麼似地又問，「你帶爺爺到哪兒去啦？怎麼會弄得滿褲子都是塵土呢？」

「妳想嘛，」我臨危不亂地回答，「爺爺在國外那麼多年，再帶他在城裡亂逛，有什麼好看的呢？我當然是帶他到郊外去散心啦。」

「你確定你不是在作夢？」她意味深長地笑了笑，看著她的笑容，我明白她已經接受了我的說辭，只是想藉機開開玩笑，「說不定我們兩個都不知道，其實你有夢遊的毛病？打開電視瞧瞧好了，搞不好可以看見『夢遊怪客在光天化日之下出沒郊區』之類的新聞哩。」

「妳明知道我一入睡就同死了差不多，」我裝模作樣地嘆了口氣：「別鬧了。」

「喔……」她沉吟了會兒，突然像發現了什麼，站起身來拿過肩包，翻找了會兒，拿出手機湊近耳邊，「喂？」

唔？我有點兒不知所以地看她對著手機嗯、嗯地回應，一時間不知自己做什麼才好。還是先洗個澡、換套衣服吧？我滑下床，站了起來，她正好結束通話，轉過頭道，「我得回公司一趟。」

「怎麼啦？」我問。

「有篇稿子出了問題，」她把手機收進肩包，理了理頭髮，「快發刊了，這事得趕緊解決，所以總編要我回去確認一下，看是要臨時抽掉換篇稿子，還是能把它修修再用。」

「呃，」我抓抓頭，「妳怎麼知道總編找妳？我的意思是，我沒聽到手機響啊，妳怎麼知道要接電話？」

她停下準備出門的動作，啼笑皆非地回頭看著我，「本來我怕吵醒你，所以就把手機的來電鈴聲改成震動啦——剛剛它嗡嗡作響，你沒聽到？」

的確沒聽到。不過在這種事情上追根究柢好像沒什麼意義，我揮揮手，「要不要我送妳？」

「你好好休息吧，」她走過來把我按回床邊，「我自己去就行了。」

我看看自個兒的褲管和被我躺髒了的床單，嘆了口氣，「我看我還是先洗個澡，再換套新床單吧。」

「也對。」她笑了起來。

參・貳

扭開熱水龍頭，蓮蓬頭當著我的腦袋打下一陣水花；滾燙的水柱從頭頂沖下，褪去我這一天一夜折騰下來的清冷疏離。淋了大半夜的雨、又在城裡飛簷走壁之後，這管熱水讓我的腦袋暖了起來，像隻被凍成石頭的全雞解凍後居然又拉直脖子叫了幾聲似的，雖然還有點兒渾渾噩噩，但到底是恢復了正常機能。

老聽說沖冷水澡能讓頭腦清醒，沒想到熱水更有效果；我從來不覺得洗澡是件多麼了不起的事兒，現在倒覺得洗個澡眞不錯，簡單、舒爽，又花不了幾個錢——不知道爺爺在跟蹤三嬸婆晝伏夜出的北行途中，如果有機會洗澡，會不會有同我現下一樣的感想？

水聲淙淙，漫過浴室的淺色地磚，匯集到排水口後汩汩地向我道別；我望著冒著熱氣的水流發了會兒呆，想起爺爺的北行之旅，就結束在海岸邊上。

我讓熱水繼續流淌，一面長著手臂去擠出一小攤洗髮精，朝著自己頭頂蓋了上去、左搓右揉，一面放任想像，依著爺爺的描述，在腦子裡描繪爺爺與三嬸婆訣別的場景。

算起來那該是個季節已經入冬的料峭清晨，天一定還沒亮。爺爺已經幾個晚上沒睡地跟著三嬸婆，心中對近在眼前的未來又猜又疑——這蠕行的軌道雖然蜿蜿蜒蜒，但終究是一路向北，一程一程地，走到底就是海啦；屆時三嬸婆會怎麼做呢？葬後蠕行的終點就在那裡嗎？那麼先人們究竟都躲藏在海岸線上的什麼地方？又或者三嬸婆會一頭栽進海水當中、在鹹水裡頭繼續蠕行的任務？如果真是如此，那爺爺該怎麼辦？想繼續跟下去，似乎沒什麼簡單可行的法子：不跟了嘛，又著實不能甘心。

天還沒黑，爺爺已經開始朝三嬸婆藏身的洞穴走去——北岸的崎嶇岩堆，雖然減緩了三嬸婆行進的速度，但也提供了方便的藏匿地點。爺爺在快速消逝的日光裡撳亮手電筒，昏暗的燈光有氣無力地睜了幾下眼，然後二話不說地黯去。

沒電了？

爺爺在心裡暗罵自己糊塗，居然忘了買新電池；這下可好，待會兒得要黑燈瞎火地在岩岸地區上上下下，一不小心可能就會跌斷脖子。

這個擔心還沒結束，爺爺就想起：只能貼在地上蠕行的三嬸婆，待會兒要怎麼穿過層層疊疊的岩岸？

一腳高一腳低地，爺爺終於走到三嬸婆在日出前把自己藏妥的小岩洞外頭；剛站穩腳跟，爺爺發現，三嬸婆已經開始伸展肢體、準備蠕行了。

三嬸婆緩緩地把身體挪出岩洞，擺頭向北；爺爺在一旁看著，覺得三嬸婆今晚的動作，在星光下看來格外僵硬。

○

蠕行開始。

拉起臀部、挪移膝頭，然後聳肩、磨蹭向前；遇上高低相差不大的地形起伏，三嬸婆還可以如常應付，如果遇上比較聳峭的岩台，三嬸婆就用臉挨著岩壁、一點一點地把上身拉高，等到下巴搆著了台面，再一寸一寸地向前，把身軀漸次拖上來，而如果碰到落差較大的低陷，她就二話不說地讓自己向下跌去，再把身子翻正，繼續蠕行。

有幾回，三嬸婆眞的面臨了拉直上半身也攀不著的岩堆，那麼她就乾脆轉個方向，繞道而行。

爺爺發現，先前對自己沒準備電池的擔憂，完全是多餘的：在凹凸不平的岩地上，三嬸婆的這種行進方式，已經讓速度大打折扣，而且，爺爺剛開始的觀察沒錯，三嬸婆今晚的蠕行動作，的確比從前都遲緩呆滯。

過了大半夜了，三嬸婆前進的距離少得可憐；爺爺皺著眉跟在後頭，突然有種不大對勁的感覺——海浪的聲音，聽起來大得有點兒不尋常。

抬起頭來，爺爺才猛然發覺：潮水漲了。

雖然沒能蠕行多少路程，但三嬸婆與一波波漫上海岸線的浪頭之間，已經沒有多少距離了。

接下來會發生什麼事呢？爺爺有點兒緊張地注意著三嬸婆的動作，而三嬸婆似乎也感受到了近在眼前的海潮，居然停下了蛆行的動作。

嘎？

爺爺按捺性子，等了半天，三嬸婆什麼動靜也沒有。

「三妹，」雖然知道三嬸婆不會回應，但爺爺還是忍不住開了口，「妳究竟得蠕行到哪裡才算了局呢？這裡已經是最北的岸邊，再向前去妳就鑽進海裡頭啦，咱們家中先人們，最後都是怎麼處理的呢？」

三嬸婆沒有答話，依舊維持著僵直的姿勢面對大海，像張構圖古怪的藝術照片。爺爺索性在三嬸婆身邊坐了下來，眺望著眼前的汪洋發愣。

遠處海天一線的交界是片糊糊的灰，近處的岩層是塊沉沉的黑，爺爺忽然感受到不知已在書上讀過多少回的、面對大自然時的感慨：舌行家族有什麼了不起的呢？在自然的運轉當中、在時光的洪流裡頭，人類不過是這麼一種小得可憐的存在，有什麼可以妄自尊大的本錢呢？咱們氏族就算眞是種權柄大到可以左右文字歷史的異能者，也不過是存活在人群當中的少數，又有什麼值得驕傲自大的呢？

海的顏色似乎更稠、更黑了點兒。接著，天邊的雲朵輪廓卻開始清晰了起來。

爺爺回過神來：天快亮了。

轉頭一瞧，三嬸婆似乎也已經感受到了即將劃破黑幕的日光。爺爺站起身來，環伺四周，發現自己看不到任何一處合適的隱蔽地點，能讓三嬸婆趕在天光乍現前把自己藏妥。正在著急，爺爺瞧見三嬸婆開始有了某種動靜。

緩慢但堅定，三嬸婆不再朝任何方向蠕動，而是開始蜷起身體。

○

「因為來不及躲，所以三嬸婆乾脆就不躲了嗎？」我忖度著當時的情況，如此猜測。

「我那時也這麼想，」爺爺的視線投向天花板，射進回憶的時空當中，「雖然知道三妹不會被人瞧見，而且當年那兒人煙罕至，但那地方四面開闊沒有屏蔽，我實在不放心把她扔在那兒不管。所幸行囊裡還有足夠的乾糧，所以我決定留在三妹身邊，以防萬一。沒想到啊⋯⋯」爺爺收回視線，看進我的眼睛，「這一等，我就等了三天。」

「三天？」我皺著眉想像，「您是說，在這三天裡，天黑了之後，三嬸婆還是沒有蠕行，只是舒開身體後，像先前一樣眺望著大海？」

「不⋯⋯」爺爺遲緩地搖搖頭，似乎在瞬間被歲月的浪頭淹沒，「在那三天當中，三妹連動都沒動。」

等到第三回日落許久之後，三嬸婆依然維持著三天前日出時的蜷曲姿勢，毫無動作。

爺爺已經把行袋當中的口糧吃光了，水壺裡的水也只剩下薄薄的一層；「再等過這天晚上吧？」爺爺已經三天沒有闔眼，半睡半醒地想：「天亮後如果三妹還沒行動，我就到村子裡的雜貨店去買點兒東西。」

大半夜過去了，三嬸婆仍舊蜷曲著四肢，像個乾枯扭曲營養不良、不知何時才會向下個階段推進的灰敗蠶繭。天色將白之前，爺爺站起身來，走了幾圈，揮揮手臂活絡筋骨；想回最近的一個村落還得走上一段路程，爺爺打算先振作振作精神。在這幾天的守候裡頭，爺爺已經想清楚了對策：如果三嬸婆會繼續朝北走，那麼爺爺就留在北島打工，攢夠了錢之後想法子跟著渡海——以三嬸婆在陸地上蠕行的速度推測，三嬸婆在海底前進的速度絕對快不到哪兒去，蠕行的方向又好掌握，就算得工作幾個月才能存夠錢、摸清楚偷渡的門路，爺爺到對岸重新再找三嬸婆的行蹤，也不會是什麼難事；倘若三嬸婆的下一步行動不是鑽進水裡，那麼跟蹤起來就更方便、想要揭開蠕行終點的工作就更簡單了。

但如果三嬸婆繼續不動呢？爺爺認爲這個可能性太低：畢竟我族歷年來已經有這麼多先人蠕行，要是全都停在這個北岸，現下怎麼可能半個都找不著呢？

對著大海，爺爺用力地吸進幾口混著鹹腥的海風、醒醒頭腦，忽然覺得空氣裡摻雜著某種這幾天沒聞過的氣味。

這是什麼味道？爺爺聳著鼻翼，原地轉了一圈，然後狐疑地蹲低身子，用力嗅聞了幾下，確定那股氣味，是從蜷著身子的三嬸婆身上傳來的。

爺爺重新坐了下來，灰撲撲的場景開始染上顏色，旭日還沒探出頭來，但東邊的天際已經開始暈開了一些溫暖。爺爺湊近三嬸婆的頰邊，發現三嬸婆臉上的皮膚除了長期蠕行留下的擦傷之外，還多了一些創口，看來不像外傷，反倒像是自身體內裡向著膚層外緣擴散出來的。

天亮了起來。

剎那之間，爺爺發覺自己其實已經明白這些傷口代表著什麼。經過長長的蠕行之後，三嬸婆的身體已經開始腐壞潰爛了。就著日光，爺爺可以明顯地看著三嬸婆的身體開始微微地發脹，爺爺剛剛聞到的氣味，就是從三嬸婆的創口中散逸出來的。

那是屍臭。

到此爲止了。爺爺在一瞬間想通了眼前情景所代表的意義：無論蠕行的終點到底是什麼地方，三嬸婆的蠕行旅程已經在這個岩岸上畫下句點了；蠕行並不是永生，但已經開始腐爛的三嬸婆，已經向這個世界永遠地訣別。

四周的景物更明亮了點兒。三嬸婆身上的味道更濃了點兒。蒼蠅，不知從哪兒出現的，開始歡快忙碌地嗡嗡聚集過來了。

伸出手，爺爺用微微顫抖的指尖，撫上三嬸婆的背脊。

沒有發出任何聲響；在爺爺的手指碰到屍身的剎那，三嬸婆碎成齏粉。

清晨的海風適時揚起；爺爺睜著淚眼，用一種停格的姿態，目送三嬸婆灰飛煙滅。

參·參

在我同姪子談及葬後蠕行的那晚，我向他承諾，如果自己在接手家族事業時，眞的從族中長輩口裡得知了葬後蠕行的眞相，那我一定會先偷偷對他透露；聽了我的保證，姪子歪著頭想了想，露出一個詭譎的笑容，「其實，叔叔，我還想過另外一個得知這個機密的方法，只是這法子如果說出來，您可別生氣。」

「哦？」我挑高眉毛，「你還有什麼高招？」

「這可算不得什麼高招，」姪子狡猾地笑了笑，「只要等到哪天輪到您從那個墓洞裡跳出來蠕行的時候，我再偷偷地跟在您後頭去瞧瞧，不就成了？」

「死孩子；」我笑著罵他，「你這不是在咒我嗎？」

「哎唷，叔叔，」姪子面無愧色地回答，「您想，一個人蠕行多無聊啊？有我陪著聊天解悶，不是挺好的嗎？到了那時，您一定也已經參透了北行的祕密，就可以直接告訴我啦！」

「不成不成，」我搖著頭，「長輩們老說蠕行很光榮，但我老覺得那個樣子很狼狽；在地上扭來扭去，不免搞得全身擦傷，我才不讓你跟在屁股後頭瞧熱鬧咧。」

「全身是傷有什麼關係？」姪子好整以暇地答道，「叔叔您沒聽過嗎？傷痕就是男人的勳章呀！」

我皺皺眉，「這是什麼鬼話？」

「鬼話？」姪子擺出嚴肅的表情，「這可是《聖鬥士星矢》漫畫裡的名言啊！」

姪子這段關於日本漫畫的玩笑話我當時過耳即忘，卻在聽完爺爺的敘述之後想了起來。我在心中暗忖，下回一定要告訴姪子：他想到的招數老早有長輩用過了，而且已有事實證明這個如意算盤打不響；緊接著我又想起父親彈出墓穴時注視我的那種眼光，當時父親的表情，怎麼想都不像爺爺故事裡三嬸婆那種對人不理不睬的模樣。

「怪了⋯⋯」等到爺爺憶及三嬸婆隨風而逝所引起的哀傷回憶稍歇，我開口提出疑問：「我記得父親在躍出墓穴的時候還瞪著我笑了笑，雖然沒講話，但卻不像您故事裡頭的三嬸婆那樣子不聞不問呢。」

「我知道⋯⋯」爺爺抽抽鼻子點點頭：「族人們百年入土，躍出墓穴之後，會先環顧周遭觀禮親友一回，然後再面北蠕行。」

「是呀⋯⋯」我接口：「那時父親還別具深意地瞅了我好一會兒，事實上，父親和我很少正面四目對望過，所以我相信當時父親的凝視一定有什麼特殊的涵義內藏其中。」

爺爺搖著頭：「小鬼，爺爺可不這麼認為。我認為咱們家族裡頭世代傳承的這些玩意兒是老母雞飛在雲端下雞蛋——半真半假。這套東西半嚇得咱們一愣一愣半唬了咱們世世代代，到末了咱們自個兒都忘了啥子是事實啥子是誆騙，就像歷代祖宗寫下的歷史一樣。」

「那麼，爺爺您認為我當時看錯了？」我問。窗外打進來的光影已經在我不知不覺的時候歪了個方向，現在幾點了？雖然知道自己匆忙間沒把手錶戴上，但我還是習慣性地抬起左腕瞥了幾眼；肚子並不覺得餓，但我覺得這應該是到了這棟危樓之後一直聽著爺爺說故事，以至於根本沒想到這方面問題的關係。果不其然，我的意念才走到這兒，五臟六腑就順勢嚎叫了起來。

「你沒有看錯；」爺爺沒理會我肚腹的抗議：「但你的想法有錯。」

「怎麼說？」我的好奇心一起，飢餓的感覺馬上被硬生生地往下壓了幾分。

「小鬼，你知不知道；」爺爺道：「咱們的血脈裡也許有某種特殊的因子讓咱們在葬後蠕行，但事實上，要發動這個因子帶起族人們的屍體蠕蠕而行，一定需要咱們那套葬禮儀式，尤其是族裡長輩念的全篇經文。」我點點頭表示明白，咱們家族特異體質的事兒母親曾經從頭到尾向我說明過，裡頭也包括了這個橋段。只是，現在想想，不知道這一大段歷史裡頭有多少是事實、多少是胡扯？

「姑且不論那個咱家血緣裡的特有因子是否存在，我認為啊；」爺爺繼續說道：「誦經長老所背誦的經文，才是葬後蠕行的眞正原因。這篇經文，除了有將咱們故去先人的屍身喚醒、要他們躍上地面開始蛆走的作用之外，另一個功能，就是可以讓事實上已經死去、只懂得向北蠕行的族人環顧一回在場的一衆親族。」

「但是；」我想了想，打算插嘴，爺爺卻像早料到我想說啥似地接下了話頭，讓我沒能開口：「我相信，大多數的親族在與去世的族人四目相對的時候，下意識裡都會想到，這人現在已經躍進另一個層級、一個在世的我們尙未到達的境界，簡而言之，眼前墓穴裡的這位已經超凡入聖；這麼一想，凡俗如你我之輩，很難不對他們生出或多或少的敬畏。加上這人會直勾勾地盯著觀禮者的眼睛，與這麼神聖的人眼瞪著眼，大家都會覺得自個兒似乎特別了起來。」

我的眉心擠出了幾個疙瘩，問：「您的意思是，那時父親只是無意識地掃視了整個場子，對我投注的眼光，根本沒啥特別的意義？」

爺爺點點頭：「這只是我的推測，不過我認爲這樣才能解釋當年三妹爲啥不理會我。她已經完全成了一具行屍走肉人形大蛆，只能遵循那段經文動作，所以根本不知道我還一路跟著她；當然，除了這些爺爺自個兒的猜想之外，我後來還得到了其他證據。」

我的注意力跳離了對於葬禮經文實際用途的揣測，想起爺爺的故事其實還沒說完：「證據？爺爺，三嬸婆去世之後，您到哪兒去了？」

爺爺清清喉嚨，「我看書去了。」

這回跟蹤三嬸婆的行動，非但沒有解開多少關於葬後蠕行的謎團，反倒像在這檔子事兒上更添了許多難解的問號；爺爺認爲，三嬸婆會在北岸的岩層上就化爲飛灰，是因爲三嬸婆生前身體狀況就不大好的緣故，對其他先人而言，就算蠕行到底的結果是粉碎成一團塵煙，地點也不該只停留在北岸。可惜的是，三嬸婆蠕行時根本不理會爺爺的提問，家族紀錄又全然地一面倒，這些問題，似乎怎麼想都沒法子獲得解答。

爺爺離開岩岸後，失魂落魄地在北島廝混了幾週，不知下一步該做什麼才好。胡亂行走了一段時日，爺爺發現自己進入了一個較熱鬧的城鎮。

城鎮裡的鄉紳耆老，正在替鎮裡新落成的公立圖書館舉行落成典禮。爺爺替權力中心當了大半輩子的舌頭，瞧見「公立」二字，就知道裡頭每一本書都已經被我族歷代老小給動過了手腳，自然興趣缺缺；但「圖書館」三個字倒是勾出了爺爺腦子裡的一個念頭：舌行家族固然掌握了所有官方文獻及歷史資料，但文字紀錄卷帙浩繁，難道不會有漏網之魚？公立圖書館裡沒有這類書籍，但私人藏書當中會不會有呢？舊書肆裡能不能找得到呢？

一念及此，爺爺的精神振作了起來；雖然尋找的範圍想來無異於大海撈針，但好歹有了個方向，總比這趟冒險最後空手而回來得好吧？

向幾個路人探問，爺爺欣喜地發現城鎮裡果然有幾家舊書店，當下二話不說，循址找上門去。

「可惜的是，」爺爺吁了口虛無的嘆息，「我找遍了那個城鎮裡的所有舊書店、翻遍了找得著的所有古籍，卻發現其中的字句同咱們家族裡頭收藏的版本一模一樣，簡直像是泥水匠丟了瓦刀，沒別的玩意兒了。我自然明白運氣不可能說來就來，於是一面打零工、一面到其他市鎮尋找，結果卻是一無所獲。雖然我對於自家行當不怎麼欣賞，但當真正發現世人對於歷史的認知就像木頭腦袋眨眼睛，每一回都得靠咱們拉扯才能行的事實，卻不由得一面感嘆舌行家族長年積累的事業成就非凡，一面打心底堆起一種深深的恐懼。」

我點點頭，靜靜地讓爺爺繼續敘述下去，「有一天，我照樣兒蹲在一家小店舖裡頭翻閱古籍，也照樣兒地一無所獲。正當我把手上的一本《博物志》塞回書架，像個扎孔皮球洩了氣似地垮下肩膀後，忽然發覺有個人站在我身旁。」

「那人瞧我發現了他，嘴角朝上歪了個似笑非笑的表情；」爺爺閉起眼睛，在腦子裡重播著當年的場景，「然後，他彎下腰桿兒，開口對我說道：『朋友，我知道你在找什麼。』」

爺爺壓低眉毛斜著眼睛朝上端詳了會兒，肯定自個兒沒見過眼前的這號人物；這是個發現爺爺翻尋古籍，所以想要藉機兜售舊書的商賈嗎？「朋友，」爺爺開口道，「我不認識你，請問有何貴幹？」

「你不認識我，但我認識你。」那人點點頭，轉轉眼珠觀察了一下四周，道，「就算把這家店整個翻過來，你也找不出舌行家族的祕密。」

爺爺暗暗吃了一驚，不動聲色地問，「舌行家族？那是什麼玩意兒？」

「明人不說暗話，」那人下巴一抬，「走吧，我給你看些東西。」

「什麼東西？」爺爺問。

「同你們家族葬後蠕行有關的東西。」那人輕輕鬆鬆地回答。

「葬後蠕行」四個字居然這麼簡簡單單地從一個外人口中說出，這是怎麼回事？爺爺還沒打定主意，那人伸出手來一拽爺爺的胳臂，爺爺發現自己不知怎的就被拉了起來，

「就算我在胡言亂語，跟來瞧瞧，你也不會有什麼損失嘛。」

○

「那人就是您先前提及的眼珠子老爺吧？」我問。

「沒錯。」爺爺點了點頭，「從那天起，我對於咱們家族以及整個世界，都有了不同於以往的看法；方才同你說的那些關於眼珠子、鼻子和耳朵的事情，就是他告訴我的。」

我歪著脖子想了想，「爺爺，有件事我不大明白：眼珠子老爺爲什麼要告訴您這些事呢？放任您自個兒去東挖西掘，似乎也沒啥不妥呀——反正您也應該找不出什麼來，不是嗎？」

「話是這麼說沒錯；」爺爺微微頷首，同意我的懷疑，「事實上眼珠子老友並沒有一開始就對我說出那些機密，當時他找上我，只是因爲觀察了我很久之後，覺得在一向自欺欺人的舌行世家當中出了我這麼一號想要刨根究柢的角色，很有意思，想同我交個朋友，而這個咱們家族自個兒都不知道的、關於葬後蠕行的一個祕密，自然就是交朋友的見面禮啦。」

「那，」我緊張地問，「葬後蠕行的祕密，到底是什麼呢？」

「這個葬後蠕行的祕密，哼，」爺爺噴出一口鼻息，不知是氣憤還是無奈，「說起來還眞是令人不愉快！」

爺爺在眼珠子的住處翻閱了許多資料，包括滿書架沒被我族先人修改潤飾的史料書籍，以及自己從南而北一路上被眼珠子其他成員跟蹤監視的紀錄。愈是翻看、爺爺愈是驚疑，「你們這些眼珠子，一路上都在觀察我？」

「不，」眼珠子老爺搖搖頭，「每個舌頭家族的成員，打一出生起就被我們監視啦，當然也包括你在內；事實上，從你們開始替當權人士發言，眼珠子們就已經展開了這個任務。」

「監視我們，」爺爺放下紀錄本子，「就爲了讓權力中心能夠夜夜安眠？」

「是，也不是。」眼珠子老爺解釋著，「眼珠子原初的任務，的確是爲了替上頭留意底下人的行事內容；不過這麼多年下來，我們也有了自己的想法。就像你們舌行家族一樣，有些眼珠子喜歡替權力核心跑腿辦事，而有些則會在混亂中觀察世局、替我們這個組織安排後路。但除此之外，眼珠子裡有另外一支的成員，對這樣的工作開始有了不同的見解、替我們的技巧找到了別的用途。」

「天地之大，我們老在權與利當中汲汲營營做什麼呢？」眼珠子老爺在由書櫃構成的狹窄通道中張開雙臂，「觀察本身就是一種有趣的事，我們何不單純地享受這種樂趣？我們不像你們舌頭那麼喜歡自我吹捧，把那種同掌權人士同攪爛污的差事說成莫大的光榮；眼珠子們自有開明的管理方式：喜歡這工作的，就這麼去幹，不喜歡的話，也可以選擇當個自由自在的觀察者，家族裡絕不干涉——用一種不同於常人的角度觀察世界，我們很清楚謙卑才是真正的處世之道。」

「那有什麼了不起？」爺爺悻悻然地回嘴，「咱們舌頭在百年之後還能復生呢，你們眼珠子能做什麼？」

「呵，」眼珠子老爺用一種了然於胸的眼光看著爺爺，「我知道你對葬後蠕行這件事光榮與否，存有很大的懷疑，否則也不用這麼一路辛苦地跟在你三妹身後向北走來。」

爺爺想不出什麼話可以回敬，眼珠子老爺拍拍爺爺的肩膀，「別生氣，今天請你來，就是覺得你不像其他舌頭，反倒挺有我們眼珠子那種凡事好奇的傾向，想同你交個朋友。喏，」眼珠子老爺拿出一本破舊的手抄本，「這本書，就當成我的見面禮吧。」

「《風物異目》？」爺爺接過書來，有點兒不知所措，「這書我讀過好多回啦。」

「不，」眼珠子老爺搖著手，「你讀過的版本，是被你們舌頭自己舔過的，充其量只能算是本記載當年各地奇聞軼事的冊子，裡頭有不少東西看來都像胡說八道，我這本可不一樣。」

「有什麼不一樣？」爺爺一邊翻著那本《風物異目》，一邊問，「再怎麼不同，也不過就是本沒被咱們家族先人碰過的胡說八道嘛！」

「唉唉，」眼珠子老爺把書從爺爺手上抽了回去，翻找了一會兒，攤開一個章節遞到爺爺鼻子前頭，「你先讀讀這一段記載再說。」

爺爺接回書冊，就著燈光讀了幾行，突然間神情一變，抬頭顫著聲音問，「你，你說這寫的是什麼？」

「還能是什麼？」眼珠子老爺氣定神閒地背誦：「『孺蛇，人面四足蛇身，通體灰濁，以腹曲走，望之若尺蠖蛆虫；出沒於獸跡人徑之外，晝寢夜行，其肉可治喑啞，常人食之善辯』——這段話寫的是什麼，你看不出來？」

參·肆

我張大嘴瞪圓了眼睛。

這種叫什麼穤蛇的玩意兒，很明顯的是咱們舌頭家族葬後蠕行的先人——長了個人臉、有四肢卻像蛇蟲一般以腹部著地彎彎曲曲地蛆行，全身的皮膚都是髒灰顏色，絕對不會在一般徑路上出現，白天蜷曲著身子、夜間行走……這些描述，同爺爺一路跟隨的三孀婆一模一樣。那麼，那幾句什麼肉可治喑啞、食之善辯的，是怎麼回事？有人把咱們蠕行的祖宗抓來，當成奇珍異獸或者偏方藥材宰而食之烹而補之？

爺爺看著我的表情，微微頷首證實了我的想法：「沒錯，我也這麼想。我們這些生前自認能夠呼風喚雨的舌頭，在葬後蠕行時，曾經被人當成滋補藥材開腸剖肚。」

胃袋裡湧起一陣混揉酸味和腐臭的噁心，我呑嚥著唾沫把這股直衝喉嚨眼兒的惡氣壓回肚腹，耳中聽得爺爺繼續說道，「眼珠子老友告訴我，咱們一直以爲作者不詳的《風物異目》，本來是眼珠子家族一位退休之後四方雲遊的先祖，在旅途當中所記錄下來的各地異聞，後來不知怎的被人刻印了出去，成了一本眾人流傳的奇書。這書落到舌行先人手上，自然就刪去了這段言語；利用舌行家族的力量，刪節過後的模樣就成了最終通行的版本，久而久之，連舌頭自個兒都忘了曾經有過這麼回事兒。他送我的那一本，是當年留在眼珠子族裡頭的手抄本，這段文字才被留了下來。」

胸口的煩惡稍歇，我忽然覺得不對，「爺爺，照您的說法，先人蠕行的時候尋常人等是看不見的，那怎麼還會有人能把祖先們開鍘進補？」

「沒錯，」爺爺點著頭，「當時我也這麼質問眼珠子老友，他聽了微微一笑，回道：『尋常百姓看不見蠕行的舌頭，固然沒錯，但這並不代表人人都看不見呀。』」

我的眉毛在額頭中央打了個死結，不解地問，「眼珠子老爺這話是什麼意思？」

「根據他的說法，」爺爺聳聳肩頭，「平民百姓之所以看不見舌行先人，真正的原因是他們早就習慣了尋常物事，不去留意生活裡的種種異象；想想，這不是挺諷刺的嗎？咱們舌頭在世的時候其實高高在上，但沒人知道我們在做什麼，無論咱們餵給他們什麼材料，他們都不辨眞僞地照單全收、不分鹹辣地囫圇吞食；而當舌頭百年之後，卻得伏在所有人的腳底下左歪右扭，照樣兒沒人知道我們在做什麼，不但如此，大家對咱們根本就視而不見——這套解釋正符合我的想法：光榮？舌行家族的蠕行哪兒有什麼光榮？只是咱們自個兒在南天門上搭戲棚子，亂唱高調罷了！」

「那麼那些看得見祖宗們蠕行情狀的，」我問，「又是怎麼樣的人物？」

「眼珠子們可以看見，」爺爺回答，「這一點無庸置疑：他們原初的工作內容是監視舌頭，後來演變成觀察世局，他們自然看得見；除此之外，還有一些具備資質的凡夫俗子，也可能看見蠕行的舌人先祖——只是他們不明白那是什麼，是故以爲是某種難得一見的珍禽異獸。」

所以就把咱家的祖宗們當成珍奇食材給吃了？我有點兒啞然失笑。

「後來呢？」我問爺爺，「您知道這回事之後，有什麼打算呢？」

爺爺瞅著我，「我打算回家。」

○

聽到爺爺決定回家的決定，眼珠子老爺搖著頭皺起眉，問，「你回去做什麼？要重操舊業、等時候一到就加入蠕行的行列嗎？」

「當然不是；」爺爺把那本手抄的《風物異目》塞進自己的行李袋當中，「我得把這回事告訴家裡的人，大家商量商量看下一步要怎麼做才好。」

「把這件事告訴舌行家族？」眼珠子老爺眨眨眼，「朋友，你在開什麼玩笑？」

「我哪有心情開玩笑？」爺爺沒好氣地回答，「謝謝你看得起我，不過如果你眞的想交我這個朋友，就別攔著我；我有你所不了解的家務事得處理。」

「不了解？」眼珠子老爺笑了出來；「朋友，老實告訴你，我對貴氏族的了解，可能比你自己還多——而這正是我不能讓你回去說明的原因之一。」

爺爺不理會，正要扛起行囊朝門口走去，眼珠子老爺隨隨便便地伸出手朝爺爺的肩膀一按，爺爺就發現自個兒不明就裡地向後幾個踉蹌，朝一張椅子跌坐進去。

「這是怎麼回事？」爺爺喘著氣，「你會妖術不成？」

「妖術？」眼珠子老爺輕笑一聲，「我對相術有點兒興趣，不過活了這麼久還沒見識過什麼是妖術呢！唔，也許你們舌頭的死後蠕行，算得上是椿難以解釋的例外吧？不過，」眼珠子老爺頓了頓，續道，「朋友，雖說你的行事作風同貴氏族成員有許多不同，但看來思想還是不脫那套舌頭愛用的胡說八道。剛那只是一點兒借力使力的小技巧，瞧你把它講成什麼了！」

「借力使力？」爺爺狐疑地問，「你是說，像武俠小說裡的那種功夫？」

「算得上是一招半式，」眼珠子老爺擠擠抬頭紋，「不過沒武俠小說裡講的那麼神奇；我們自古以來就在跟蹤監視，總得學些讓自己辦起事來更方便的技術吧？」

爺爺鎖著眉頭上上下下端詳了好一會兒氣定神閒的眼珠子老爺，才兩肩一垮地道，「說吧；你對我們了解些什麼？爲什麼不讓我回去？」

「我無意冒犯，」眼珠子老爺揚起一邊的嘴角，「不過，舌行家族是我所見過最自大、最無知、最自以爲是也最愛胡說八道的一群人。」

爺爺嘴角下拉，瞪著眼珠子老爺，眼珠子老爺則一點兒也不以爲意地繼續，「你們居然會把自己家裡頭編出來的那套倉頡後裔神話傳說當眞，居然會當眞相信除了你們之外沒有別人能夠掌控文字——因爲這些一廂情願的想法，你們不但族內通婚，還把蠕行這宗不知是從哪個朝代開始的、近乎懲罰示警的行動，美化成一種無上的光榮——你認爲回家去揭發眞相，貴氏族裡頭會有人相信嗎？」

「不知怎麼開始的？」爺爺反問，「所以你們這些無所不知的眼珠子，也不確定葬後蠕行的緣由？」

眼珠子老爺搖搖頭，「眼珠子一向實事求是，有幾分證據說幾分話。我們對舌頭的監視早先都會在你們家族成員過世時停止，過了很長的一段時間，我們才發現原來舌頭們在葬禮之後還有節目。我們曾經一路跟蹤蠕行的舌頭，但沒有發現什麼神奇的結果——他們總是一路向北、不知終點爲何，最後化爲飛灰，同飛天的黑龍一點兒關係也沒有。」

「倉頡祖宗是則神話，這我清楚得很；」眼珠子也不知道蠕行的眞相，讓爺爺有點兒洩氣，但眼珠子老爺話語中的輕視，又讓爺爺不大服氣，「但你有什麼證據說我們認爲自家宗族血脈裡帶著操弄文字的專長這事有錯？」

「別生氣，朋友；你沒聽明白，」眼珠子老爺解釋著，「我不是說你們不善於控制文字，但這種能力絕對不是舌頭一族所獨有，而且——面對現實吧——放眼現世，你們還不一定是寫得最好的，不是舌頭但比你們會說話的人多得很呢！」

「舌頭一族是替上頭說話的，」爺爺反擊，「怎麼能同其他文字創作相提並論？」

「那你真的覺得當今貴氏族替上頭說的話很漂亮嗎？」眼珠子老爺回得一點兒都不客氣。

「雖說同是舌行子弟，但仍有能力良窳之分呀……等等，」爺爺舉起手掌像要擋住什麼，「我想我明白你的意思了：你要說的是，其實我們同普通人一樣，對操控文字的資質有好有壞，所以我們自認是承繼自倉頡的舌行血脈，其實並不特別？」

眼珠子老爺點著頭，「沒錯，你自己也知道，在你們的成長過程裡頭，要接受一連串關於文字使用的訓練；你難道沒有想過，就算是個文字運用能力普普通通的孩子，也會在經過這些練習後，寫出模樣尚可入目的文章嗎？」

「你這麼說是自有道理，」爺爺沉吟了會兒，還是搖著頭，「但這只能算是推論；我們還有葬後蠕行這個異於常人的舉動，如果不是血脈特殊，為何舌頭一族擁有這種異能？」

「葬後蠕行的原因同血脈一點兒關係也沒有。」眼珠子老爺肯定地回答，「對於這件事，我們有事實佐證。」

「事實？」爺爺抬起頭來，「什麼事實？」

「舌行家族當中，」眼珠子老爺淺淺地笑著，「有我們的人。」

「你是說，」爺爺忖度著，「我們家族裡有個奸細？」

「這問題的答案是對也是不對，」眼珠子老爺輕哼了一聲，「你們家族裡有眼珠子的內應，但並不是舌頭們自個兒窩裡反——內應是我們派進去的，只是你們自以為血統純正，其實根本沒這回事。」

爺爺瞪大眼睛，「你是說：我們族裡頭現在有個眼珠子，但大家都當他是條舌頭？這不可能呀！我們的血脈一系相承，怎麼可能有外姓人混得進來？」

「還一系相承咧；」眼珠子老爺抿著嘴，「剛才說你們自大無知，現在馬上得到證明了嘛。老實告訴你：眼珠子混進舌行家族裡，這已經不是第一回啦！歷朝歷代，都有眼珠子做過這種事，而這些眼珠子們，也參與了舌頭們傳宗接代的工作——你們所謂純粹的倉頡血緣，老早就是個自以為是的空想而已。」

「不可能、不可能；」爺爺搖著頭，試圖讓自己冷靜下來分析思索，「如果真有外族人雜混進來，那他就算經過學習苦練、能夠使出一些有模似樣的文字技巧，但，不是舌行一族的人、或者是與外姓男女生下的混種，怎麼能夠莽後蠕行？」

「不能莽後蠕行？」眼珠子老爺輕咳一聲，「不瞞你說，這些人真的蠕行起來，技巧也一點都不比你們這些舌頭差。」

「口說無憑，你舉個例子出來！」爺爺不服氣地挑戰；眼珠子老爺聳聳肩，「眼珠子們一向低調行事，絕不會是什麼聲名顯赫的角色，我怎麼記得住這許多？再說，這也不是我還在職時所執掌的業務範疇。」

爺爺深深地吐吶了幾口氣，在心裡頭把目前的情勢盤算了一回：站在自己面前的這人，說的話雖然有點兒難以置信，但似乎又自成道理，目前看來也似友非敵；雖然不知家族裡頭是否眞的藏有外人，不過光就自己家族受到當權派系的暗中監視這回事，無論如何就該對族人示警。爺爺站起身來，「如果你說的這事是眞的，我就更該回去一趟，向家族裡頭的人說明了。」

「別急，你仔細想想，」眼珠子老爺擺擺手，「你們氏族的成員，有哪個聽得進這些？」

「不試試怎麼知道他們聽不聽呢？」爺爺堅持己見。

「這麼說自然也有道理，不過，」眼珠子老爺道，「不讓你回去，還有另一個原因。」

爺爺仍舊站著，「願聞其詳。」

「當權者手底下的機關，除了舌頭和眼珠子之外，原來還有耳朵和鼻子，這兩族在多年前已經同我們合併了，我們可以暫且不論，你要有興趣的話，改天我再同你解釋。但除此之外，權力中心還有另一支特務部隊，我一定得同你提起。」

「耳朵和鼻子？」爺爺聽得一頭霧水，「和眼珠子合併？」

「別打斷我⋯⋯」眼珠子老爺把話頭拉回來，「另外這支非提不可的部隊，主管的是暗殺行動，被稱為『牙』。」

「牙齒也來了？管的還是暗殺？」爺爺嘆了口氣，「你到底在說什麼啊？」

「眼珠子一族不像你們舌頭：我們從不在意血緣的問題，只要一個人有這方面的興趣或潛力，我們就會將其吸收訓練；我剛剛說過，眼珠子們也不大介意成員是否得一直替權力中心效力，要像我這樣選擇退役，只要族裡管事的成員們同意，就不會有什麼問題。」

「雖然眼珠子的管理中心長久以來都採取放任主義，」眼珠子老爺續道，「但也有部分死忠的基本教義派成員，認為效忠當權者才是眼珠子的真正工作——這群眼珠子，同牙的關係密切，甚至有時也實際參與暗殺行動。」

眼珠子老爺拍拍爺爺的肩膊，「今天我同你接觸，交了你這個朋友，對你的安危自然也有責任；有我在，那些死忠的眼珠子們不會對你有所行動，但要是你回去把機密向舌行家族和盤托出，或者哪天我先你撒手人寰，就難保那些眼珠子和利牙們不加害於你——現在你明白，為什麼我不希望你回鄉去了吧？」

參·伍

「這麼恐怖？」五官一起當特務的鬧劇居然一下子出現了生死交關的情勢，真是始料未及；我問，「那後來呢？」

「後來經過長時間的爭辯，我們終於達成協議，」爺爺回答，「眼珠子老友答應陪我回鄉一趟，但不出面，由我向族中長老說明；說完之後，看看長輩們的反應如何，我再決定是要留下一起面對問題、還是要永遠離開。」

「所以長老們也知道這回事？」我瞪圓雙眼，「他們難道沒有什麼反應？」

「反應？當然有反應！」爺爺啐了一口，鬍子又不安分地抖了起來，「他們的反應就是我歪著嘴巴說故事，一派邪說！那晚在場的，除了幾位執事的族內耆老之外，還有一個破例越級參與的傢伙；沒錯，」爺爺斜眼瞥見我想開口插話的表情，馬上猜到我想問什麼，「那傢伙不是別人，正是我那個蠢兒子；那時他已經因爲把家族事業搞得風生水起，所以頗得器重，可能也因如此，他對我這個突然不告而別好一陣子、而且居然犯了跟蹤蠕行先人這種家族大忌的老爹非常不以爲然——當時出席的家人裡頭，就屬這個小王八蛋反駁得最厲害了！」

爺爺大罵父親是「小王八蛋」等於間接說自個兒是隻烏龜，不過我沒敢提醒爺爺，只是靜靜地聽爺爺繼續說道：「談到半夜，我已經心灰意冷；執事長輩們最後決議，先把我給軟禁起來，商議後再確定要把我如何發落。我一聽這決定，二話不說奪門而出，幾個族人追了出來，突然都悶聲不響地癱軟了下去。」

「這想必是眼珠子老爺出手了？」我猜測著；爺爺微微頷首，「接下來的事兒，你都知道了：我先去扣了你的窗戶，向你道別，然後離開家族——這麼一走，就是二十年。」

爺爺背著雙手，踱起步來，「這二十年來，我同眼珠子老友學了不少強身健體的功夫，也明白了不少前所未聞的內幕。咱們家族一向認爲，自己在朝在野都有安排，權力中心不過是群傻蛋，舌頭們才是擺布歷史進程的眞正主人；權力中心則一直認定，讓舌行家族繼續自尊自大有利無弊，畢竟早就有人滲入舌頭一族當中，舌頭們持續自抬身價，這種無知正好能夠簡單地利用。而像眼珠子老友一樣看破整個局勢、不願意再攪和這團爛污的人呢，全都保有某種默契——既然自個兒能夠抽身離開，那麼就頂好潔身自愛，別妄想再伸手進去點醒這班糊塗蛋。政治和權力的遊戲一向都在自娛娛人與自愚愚人，相信這套遊戲規則的人，腦袋老早就不清醒啦，想要插手幫忙，只會在拉拔不出時還惹上一身腥臊。」

「但眼珠子老爺還是幫了您呀。」我覺得爺爺的話裡有漏洞。

「沒錯，」爺爺同意，「但那是因爲他看出我的行事作風不大相同，就像爺爺心裡頭老惦記著你，最後還是決定要把祕密告訴你一樣。」

「爺爺，」我突然覺得有點兒手足無措，「咱們二十年沒見了，您怎麼能夠確定，我在長大後沒有變得同父親一樣，呃，冥頑不靈呢？」

「一方面根據的自然是爺爺從前對你的觀察，」爺爺答道，「另一方面，其實是我的想法同眼珠子老友不大一樣。他認爲想要跳脫這個迷局，靠的是自己的悟性，而我卻覺得，對世界的懷疑觀點，無論如何必須傳承下去，不再盡信唯一的教條、學習用各種不同的角度觀察世局，如此這般，這個紊亂渾噩的人世才有變得透徹一些的可能。再說，我如果不講，這條線索就沒有咱們家族的人知道了；爺爺離開了二十年，除了你這小鬼之外，我也想不出還能把這件事告訴誰了。」

我額上的皺紋鎖著眉心，想了會兒，又問，「爺爺，如果在歷朝歷代，眞有眼珠子混進我們家族，那麼現下咱們家裡頭有誰是眼珠子，您之後有沒有問出來？還有，如果葬後蠕行同咱們的血統眞的沒有關係，那又是怎麼發生的呢？」

「家族裡現在有沒有眼珠子或者誰是眼珠子，我不知道；」爺爺抓抓那把雜亂的鬍髭，「我後來又問了幾回，但眼珠子老友給我的答覆全都一樣：這事兒不是他的任務，所以他也不知確切的內情。至於葬後蠕行的起因爲何，很遺憾，眼珠子老友認爲已經無從查考。事實上，直到當年第一個雜混在舌頭裡的眼珠子參加了家族葬禮，才駭然地發現了舌行家族這宗不爲外人所知的特殊習俗，這個消息也才會回傳到眼珠子的組織裡。那個寫下《風物異目》的眼珠子先祖在聽聞『孺蛇』的傳說前，眼珠子已經追蹤過許多回蠕行的舌族，所以他馬上聯想到，這玩意兒其實就是死去的舌頭。不過雖然我們不知道源頭的眞相，但對於這事兒的起因，倒是有些我們的臆測。」

「哦？」我擺出了願聞其詳的熱切表情，爺爺道，「咱們家族生前行事起居，同尋常人等沒啥不同，只有殯葬的儀式獨樹一幟，很不一樣。就我們的猜想，葬後蠕行的主因，應該同葬禮上頭念誦的經文有關。」

「您的意思是，」我順著爺爺的邏輯想了想，「無論是什麼血緣的死者，只要聽了那段經文，就會彈回地面、開始蛆行？」

「這只是我們的猜測，」爺爺的眉毛和肩膀一起聳了幾下，「也有可能那塊地眞的有什麼特別的磁場或者靈氣，又或者族中負責喪葬事宜的族人們在葬禮開始前，還會對先人的遺體做什麼我們所不明瞭的特殊處理；反正這事兒的眞相已經同許多歷史資料一樣，被淹沒在咱們修來改去、不知所以的故事版本裡頭啦。不過，小鬼，」爺爺轉向我，一字一句地道，「我是不會再回到家裡頭去了。無論眼珠子老友有沒有看走眼、我會不會眞在今年離開世間，我都很高興自己不用聽到那串見鬼的蠕行經文、變成一條半死不活的肉蛆。」

直到電話鈴聲響起，我才知道自己已經在不知什麼時候睡著了，而且還睡得很深很沉。

○

意識的上半身慢慢地浮上現實的岩岸，但下半身還是浸在溫暖安詳沒有夢魘侵擾的平靜海洋裡頭；上半身對下半身說，有人打電話來呢，抬起手去接一下吧；下半身對上半身說，管他呢，電話響又不是鬧鐘叫，所謂不在其位不謀其政，電話愛搶鬧鐘的活計，就讓它自個兒窮吼去吧；上半身回答，說得也是，還是你的話比較有道理；下半身回答，當然啦，今兒個一早就被電話吵醒，然後又累了一天，電話這傢伙現在還這麼不識相，本來就該給它一個教訓嘛；上半身又說，但是，我有一種不大好的預感呢；下半身反問，不好的預感？

上下眼皮啪地撐開，我起身抓過電話；瞥了眼時鐘，從浴室出來後，我才睡了不到半個鐘頭。

「喂？」我對著電話含糊地發話。腦子裡的意識上下半身仍然在水平面的兩端相互拉鋸；方才上頭的那一半意識嚇了一跳張開了眼皮，想來現在還是非常不情不願地偷偷嘔氣。

電話那頭沒有回應。

「喂？」我抓起火藥味極濃的憤怒胡椒罐替這聲喂加了不少爆炸前夕的威脅感覺：「找哪位？」

電話那頭沒有回應。

「喂！」我的聲音用丹田的力量經過喉舌彈射出去，壓迫電話聽筒裡的感應器轉成電波快速竄流，目的是擊打電話另一端某人脆弱的耳膜，期望會聽到一聲驚叫一聲抱怨或是一聲惡毒的咒罵。拜託，把我從方酣好夢裡吵醒，就算只是打錯電話好歹也說句對不起吧。

電話那頭還是沒有回應。只有些微的風聲遠遠地呼呼幾下。

見鬼。我滿肚子髒話已經直頂到喉嚨眼兒了，怎能沒有對象領受？正打算不管三七二十一地開罵，突然聽見一聲喀噠，對方那頭已經先我一步斷了線。怪哉，這到底是怎麼回事兒？我把自己丟回床上，睜眼瞪著天花板努力地把湧出的髒話往自個兒肚子裡吞；過了會兒，突然覺得有些好玩——畢竟，打出娘胎算起，這可是我第一回接到這種怪異的無聲騷擾電話。下回問問她都怎麼處理好了，像她這種漂亮女孩，說不定對這種無趣的殷勤早已見怪不怪、自有一套應付的妙招。

既然醒了，就別睡了吧；今天那堆神奇的資料從爺爺嘴裡嘩啦嘩啦地流出，源源汩汩地塞進我這顆一向糊裡糊塗、閒散度日的腦袋，這下就算我腦力全開、專心運轉個十天半個月，都可能想不出下一步該如何是好，還睡什麼睡呢？

爺爺告訴我的那些事情聽起來好像解釋了許多祕密，但事實上卻什麼都沒有闡明，只是帶出了許多麻煩。

麻煩之一，爺爺敘述的種種情事，雖然有他自己飛簷走壁的動作可做爲部分佐證，但絕大部分內容都無從查考：眼珠子老爺已經過世，當年聽聞機密的幾條舌頭當中，最年輕的父親現今也已然撒手人寰，其他幾位長輩自然也早就蠕行向北去了，就算我有心打算詢問刺探，也無從下手。

麻煩之二，蠕行的原因非但沒有說明，爺爺還帶來一個壞消息：蠕行的先人不會與咱們產生任何互動，所以就算我找著了目前正在蠕行的父親，也沒法子問出什麼所以然來。

也許，正如爺爺所說的，所謂的永生，其實只是一種讓慣於替歷朝權力分子說話發言的我族，一嘗無骨蠕行卑賤滋味的刑罰；一味不知所以地向北蠕動，直到肉體再也承載不了、化爲飛灰，這樣的詛咒才會停止。

是啊，想像起來，這的確是種加在我們家族之中的咒詛。無關權柄、無關力量、無關最貼近歷史事實的特權，也無關我們世世代代操持營生的方式，這是某代先人得到的災厄——或者根本就是倉頡老祖宗對於依附權貴子孫的懲戒？——而蠕舌氏族的祖宗們再度發揮了自欺欺人的本領，將之轉化成爲一種愚昧的光榮。

父親一輩子堅信的，就是這種玩意兒嗎？

我想起父親環顧墓穴四周時對我投來的那幾分之幾秒凝視，心中突然生出另一種想法：倘若蛆行時的舌頭，其實是能夠感知、明瞭周圍情況的呢？

舌行的經文既然能夠驅動一具已死的軀殼再度扭曲行動，那麼自然也有可能讓它重新獲得感官知覺，尤有甚者——我繼續發揮八卦編輯無遠弗屆的想像力——在蠕行的時候，雖然是趴在地上挪移前進，但說不定感官能夠通天徹地看透世局，將人間情勢盡納胸懷當中呢。

但如果我的想像才是事實，那麼咱們世代引以爲傲的舌行舉動就比爺爺想像的情狀更接近一種懲罰了：知道所有世事，不但會讓舌頭們明瞭自己一輩子都在自欺欺人，無能爲力、只能依著經文驅使的力量奮力北行的情況，也會令在世時隻手操弄歷史的舌頭們心生怨懟、備感淒涼——除了向北的漫漫長路對於已死身軀的折磨之外，所有蠕蠕而行先人若果還能感知世界的運轉、社會的變換、政局的風向時東時西，那麼我相信他們的無力感將會更形嚴重，屈辱和磨難，將要比爺爺推測的再沉重數倍。

話說回來，家族祖宗們在蠕行時分到底有什麼感覺，反正都無法向在世的舌行後裔明言，無論是爺爺的推斷正確，還是我的胡想勝出，永遠都只會是臆測妄語，無法貼上眞相的標籤。

我想起那個亂掘祖墳的夜晚，母親對我說「世界上根本沒有『眞相』這種東西」時的表情，不禁哼哼地笑出聲來：舌行家族世世代代都在潤飾竄改，到頭來連自個兒家族裡頭的傳統孰眞孰假，也都一起攪成了一鍋材料全被煮爛了的雜煮粥。

嘆了口氣，望向窗外，有葉什麼東西跳進我的眼中，在夜風裡顫顫巍巍地晃動。

我眨眨眼，愣了。

○

早上被我劃開的那片紗窗，還在開開心心地迎風招展，我已經完全忘了這回事兒了；她剛才在我房裡停留了那麼久，不知有沒有發現？

應該沒有；我告訴自己要冷靜點兒：她絕對沒有察覺，否則依她那種凡事都得搞得妥妥貼貼的個性，要是看到一扇破窗，一定會要我解釋個明白，怎麼會悶聲不吭？

想到這裡，我心下稍安，心想先弄個膠帶什麼的把這片紗網黏起來吧，明天再找人來處理。

像膠帶這一類備而不用的日常用品，常常會從記憶裡應該擺放的地方莫名其妙地消失；我嘟嘟囔囔地翻箱倒櫃，才在一個塞滿雜物的紙箱裡把它給揪了出來。

站起身來，我突然發現這片被我用刀片割開的紗網，看起來很像個被利牙撕裂的創口，正瑟縮在風裡頭微微地發抖；正要抬腳朝窗邊走去，突然有兩碼事兒在我沒半點自主意識的情況下喀噹一聲卡在一塊兒。

眼珠子和牙。無聲電話。

我自小到大沒接過無聲怪電話，今兒個剛聽爺爺說了眼牙鼻耳等等特務機關的事兒，夜裡馬上就冒出了個生命中的第一次；巧合？還是這兩碼事兒其實有某種牽連？

意識裡頭某個不祥的預兆瞬間像火災警示燈一樣地狂吼鬼嚎閃著懾人的紅光。

我一把拉過外衣和鑰匙，打開門撞下樓去。

參・陸

我開著車在通往公司的路上狂飆。

前頭有個過彎，我使勁兒地轉著方向盤踩著煞車像好萊塢動作片鏡頭一樣甩著車尾滑過轉角，心裡有點不合時宜地想起：雖然自個兒其實不是什麼肌肉派英雄，但只要控制得當，我的座車還是得不計輪胎磨損乖乖地表演特技場面。

接著，我突然想起自己早先的推論：也許，蠕行的祖宗們心裡頭清楚雪亮得很，但是繼續一路蠕行向北，其實是因爲他們身不由己——就像我的座車也許對於自己被壓磨的輪胎心疼得緊，但主控權在我的手裡，它啥事兒都不能做只能乖乖地要特效。

這麼想有沒有道理？我腳下猛踩油門，好像打算把思緒經由這個動作一併加速行進：如此一來，包括爹在內的蠕行族人們，知道要在白天找到某些角落藏躲、知道要在夜裡擇道北行，到底是葬後蠕行時的本能，還是經過思考的結果？或者，其實這兩種假設都有部分成立，這些動作就如咱們平時的日常習慣一樣，是爲了如此生活才發展出來的？

我的思考路徑繼續往回追溯到幾分鐘之前自個兒還躺在床上時的想法：其實蠕行向北的所有宗親長輩都還是有意識、能夠知道社會變化和世界轉動的。如此一來，被困在遭莫名力量牽曳一路蠕行身體之中的靈魂，肯定將有更深的無力感受——在世的時候明明是暗裡的歷史創造者，現在居然只能被動地感知無法主動地掌控，世局的變化一定會讓蠕行的親族們心裡頭很不是滋味。

再退一步、把視野放大一點兒來想：難道歷史眞的永遠乖乖地按照舌頭們的意識行進嗎？倘若眞是如此，家族又何必在朝在野都安排人手？除了眼耳鼻牙等等氏族內一直不明就裡的特務之外，或許在歷史的進程當中，其實還有某種凡俗如我輩無法掌控測知的更高力量，不停推轉著命運的齒輪吧？對於咱們這族舌頭而言，絕大部分家族成員沾沾自得（甚至我也如此認爲）的歷史創造者身分，根本只是夜郎自大的井蛙思想而已。蠕行先人們要是想到這個，也許會感受到更深更沉的悲哀吧？

有回姪子在讀完〈雞肋篇〉之後，向我提問：「叔叔，這文章裡頭講到，亂世之中，官民互食，人肉之價，賤於犬豕；大家不但把人肉製成肉乾帶在路上吃，還分等級：『老瘦男子謂之饒把火，婦人少艾者名之下羹羊，小兒呼爲和骨爛；又通目爲兩腳羊』——您說這個把人當成『兩腳羊』的事兒，是眞的發生過？還是咱們祖宗們的誇大改寫？」

姪子當年這宗關於「兩腳羊」的疑問，那時我沒法子解答，依現下自己所知道的資料則可以推知，這個問題將永遠得不到答案。只是〈雞肋篇〉中寫的是在亂世當中爲求果腹，只得以人肉爲食，而拿咱們舌行祖宗祭五臟廟的目的，卻是爲了治病進補；〈雞肋篇〉裡的角色，爲了不讓自己明擺著在吃人肉，於是把人以「兩腳羊」名之，而把蠕行舌族稱之爲「孺蛇」的古人，則分明已然不把這個在地上蛆行的怪東西當成同類了。

砰。砰。咦？

搭載著我座下這架機械獸類奔馳的四個輪子突然滑了一下，我嚇了一跳，思緒心虛地跌回現實，在慌亂之中猛轉方向盤，前後左右的街景在一瞬間以我爲中心點繞了好幾個圈。

怎麼回事？在我的車終於停止暈陶陶的旋轉後，我驚魂甫定地搭著方向盤，喘著大氣自己問自己。應該是爆胎了，但，爲什麼？

我不知道答案，當然。否則的話，這事根本就不可能發生。會不會是前一個晚上驅車南下時其實輪子就已經有了什麼狀況，只是一直還沒發作；但我一開始表演午夜狂奔，它或它們就宣布罷工了？

補給了幾大口氧氣，我對著後照鏡裡自己的眼睛問：現在該怎麼辦？一面回想著自己的行李廂是否有扳手和千斤頂一類的應用工具，一面憶及自己根本沒有準備備胎這種玩意兒。叫計程車嗎？我一邊慌亂地尋找急急出門上車之後不知隨手丟在哪裡的皮夾，一邊莫名其妙地質疑，爲什麼白天同爺爺一路疾行就到得了的地方現在似乎遙不可及？

一輪一輪的紅藍光線突然刺入眼簾。我從側座的下頭撈到了皮夾，抬起頭來，覺得有點暈眩。

警車眨著亮光向我逼近。

〇

兩個員警下了車向我走來，我瞇著眼看著他們，紅藍紅藍的警示燈照得我眼花撩亂。員警的腰帶上別著佩槍，胸口掛著無線電對講機，走起路來左搖右擺抖著抖著，像極了鄉土劇裡不入流的地痞流氓。咦？我突然警覺起來：晚上臨檢的員警一向都有佩槍嗎？應該有吧？不然要是遇到什麼突發狀況的話，要怎麼應付？我一面替人民的保母解釋，一面回想著從前遇上的夜間臨檢有沒有看過警員同志佩槍？不行，想不起來，事實上這種瑣瑣碎碎的細節我從來沒有注意過。

話說回來，既然打開始騎機車開汽車以來從沒注意過警員是否隨身佩槍，那麼現下我這麼神經質地鑽牛角尖做啥？這麼一往深處想，我發現其實自己打從聽了爺爺告訴我的故事開始，就一直處在一種疑神疑鬼的狀態——雖然我的意識層面沒有這種自覺，但在潛意識裡頭我不但不停地自問：自個兒身邊是否可能有什麼當權系統派出來監視我的眼珠子？宗親族人裡頭除了爺爺和我之外，有沒有別人知道咱們光榮蠕行的不堪眞相？我該不該把這件事對整個宗族開誠布公？這麼做有沒有用大家會不會相信？埋伏在暗處、與眼珠子互通聲息的牙，是不是已經淌著唾涎打算釘進我的頸項？這些問題不僅在我的意識底層翻攪不休，甚至還同我清醒時候的意志悄悄地相互爭執，怪不得我成天都有點心神不寧，思緒斷斷續續。

因爲這種神經兮兮，所以我才會在接了一通無人出聲的午夜電話後馬上衝出家門在路上疾駛；因爲這種神經兮兮，所以我才會在遇上爆胎事件後對前來察看的警員同志心生懷疑。但是，這些懷疑，是眞是假？

所以我開始注意起員警的裝備，因爲有幾種可能，在我瞥見那兩柄佩槍的時候撞進了腦子裡：這些人，會不會是知道我的目的地爲何，故意來阻慢我行進速度的？這些人，會不會是明白我已探知不該聽聞的機密，所以要來執行撕咬的任務？

如果我選擇當個安善良民，下車接受酒測臨檢超速申誡簽字領紅單再聽兩個警員一番訓斥，時間的延誤會不會讓爺爺陷入孤立無援的狀態？那通無聲的電話究竟只是電信單位的機器搭錯線路還是某種無言的試探——確定我在家，如此便可以直接對當年叛離家族的爺爺不利，還能將我蒙在鼓裡？

兩名警員走到駕駛座旁邊，一個站在照後鏡旁邊對我開口：「先生，讓我看看你的駕照行照。」另一個站得比較後頭，接著問道：「好端端地怎麼會爆胎啊？」

咦？他們怎麼知道爆胎的事？

快速地回想了一下：車子出狀況的時候，我並沒有看見警車的紅藍閃光——這兩個流氓模樣的警員隨便一瞄就能知道問題出在什麼地方，是他們經驗豐富？還是這突如其來的爆胎根本是他們的佩槍造成的結果？我的大腦還有點兒舉棋不定不知相信哪個說法才是，我的身體已經下定決心開始動作了起來。

我猛地推開車門，趁著座車的門大力撞向那個裝模作樣向我要證件的警員時，滑出駕駛座撐直了腿往後頭那個警員的小腿脛蹬去。要證件的員警向後跌成了個四腳朝天的王八，伴隨著小腿被我踹中警員的窮吼，爆出一連串不斷重複幾個動詞的髒話。

事不宜遲。我雙足一點地面，立時開始狂奔了起來。

要是我真誤會了那兩個荷槍警員，那麼光憑我撂下的那輛車他們遲早都能找到我要求交代；要是我沒有誤會他們呢？我不知道。我只知道自個兒的兩條腿愈跑愈快，兩邊肺葉忙得不可開交還是來不及爲大腦提供足夠的氧氣。

一支氣箭打我耳蝸外圈掠過；我愣了一下，忽然明白剛擦破我耳皮的是顆槍子兒。這太誇張了吧？我不敢停腳，一閃身躲進了一條暗巷繼續奔跑：這巷弄我認得，爺爺早上剛帶我來過；只要再拐幾個彎，我就能抵達爺爺藏身的那棟大樓。

沒錯，我的好記性沒在這節骨眼上背叛我：左曲右轉，我來到早晨那條防火巷裡，但站在今早爺爺揹著我攀爬的那堵高牆前面，我現在只能直皺眉頭。路是沒記錯，不過我可沒有爺爺的爬牆功夫，怎麼上去？我抓抓頭，決定要冒個險。

低著身子鑽出暗巷，我繞到大樓的另一頭，摸進大門。一到室內，我就聽見了一種低沉的嗡嗡聲響——這聲音我同爺爺躲著談論家族歷史的時候也曾聽到過；在這棟廢棄歪圮的大樓裡頭，到底還有什麼機制在偷偷運作？

不管還在運作的是什麼，反正不會是電梯——我試著按了按電梯鈕，一點反應都沒有；而且這樓早被地震搞歪了，就算電梯還能動，被關在裡頭肯定也難以安心。不管了，爬樓梯上去吧；我一面四下張望，一面後悔自個兒沒有先見之明帶上手電筒。

推開安全門，迎面而來的灰塵讓我鼻翼一聳，打了個大大的噴嚏。我抖了抖身子，抓抓鼻頭，突然有一種不大對勁的感覺當頭打來。

一聲槍響在上頭的某個空間爆開空氣。

○

有個什麼東西在我頭頂上的某個樓層撞向地面，好像有人想要一擊砸開這棟空樓的骨架。

我摸黑跌跌撞撞地往上衝了好幾層樓，也許是因為這危樓的樓梯傾斜了一個角度，所以我歪歪扭扭地跑跳時，覺得這往上的路徑似乎是種沒有終結的暈眩。

不知道我究竟向上爬了幾個樓層，但到了某扇安全門前頭我突然福至心靈，側身撞進那層樓，順勢撲跌在一堆塵灰裡頭。

我一邊咳嗽一邊支起身子揮著手驅散眼前的那團塵霧，然後看見爺爺倒臥在髒污的地板上頭。

雖然在那聲重物墜地的剎那我就預見了這幅畫面，但幻想依附到現實場景裡頭的震撼還是重重地打擊了我的神經。

我半跪半爬地踉蹌到爺爺的屍體旁邊，扶起爺爺的頭，瞧見他的太陽穴上頭有個小小的燒灼的黑洞，濃稠赭黑的血液從另一邊無聲地流出來。血的量不大，我環顧四周，隱隱希望自己能像訓練有素的法醫偵探一樣從一些現場的蛛絲馬跡找出凶嫌犯案的線索。爺爺黏稠的血緩慢地流下我的大腿，我的一部分感官突然恢復運作，感覺到一股腥熱的鐵鏽味道直直地衝進鼻腔。我一下子顧不得爺爺的頭還枕著我的腿，一歪脖子就乾嘔了起來。

這麼一嘔我才想起今天我幾乎沒有進食，天知道我爲啥居然還能不睡覺在這見鬼的城裡頭追趕跑跳。我的眼淚鼻涕一起掙離體腔投奔地板，喉嚨裡頭實在嘔不出什麼，只有把腹裡的胃液膽汁送出來充數。

乾嘔一陣之後，我猛地憶起自個兒沒能善待遺體，對爺爺眞是大大的不敬，趕緊一抹鼻子嘴巴，扭回頭瞧瞧剛被我撂下的爺爺腦袋。爺爺的眼簾還沒閉上，順著他未閉的眼睛在空中劃出的視線望去，我發現半空中有什麼在偷偷地眨著。

我突然恍然大悟。那是部監視器。

整件事情在剎那間變得清晰了起來。

爺爺對我說的全是眞的。殺掉爺爺的，很明顯地就是爺爺故事裡那些永遠效忠權力中心的眼珠牙齒。保護爺爺的眼珠子老爺已經離開人間，爺爺又同舌行家族重新有了接觸，那些巴著權力中心大腿的眼睛和牙齒自然會疑神疑鬼，於是決定快刀斬亂麻，把爺爺殺了滅口。

話說回來，這些眼珠子和利牙，是怎麼找到這裡來的呢？我看看四周，這裡不是爺爺今早帶我來的樓層——今早那個樓層更高更破敗，天花板上頭也沒有監視器。我在大樓裡頭聽到的機器運轉聲，應該就是發電機組運作讓監視系統能夠正常執行任務的聲音。爺爺老往小巷弄裡頭鑽，進入大樓時攀岩走壁，還特地選了一個所有設備都被拆解乾淨的樓層棲身，爲的就是要躲開現在幾乎無所不在的監視器，爲什麼爺爺最後會出現在這個還裝有監視器的樓層裡頭？

我不確定眼珠子內部組織的運作模式如何，不過倘若假定他們本來就已經得知眼珠子老爺過世的消息，但有眼珠子老爺早先的警告加上爺爺目前的功夫，特務們想找到爺爺並非易事；爺爺回鄉參加葬禮及同我接觸的過程都十分小心，那麼，到底是在哪個環節上頭露了痕跡？

難道我的房裡眞的有一些沒被爺爺搜出來的監視器材？一念及此，一層冷汗倏地覆上了我的皮膚：難道爺爺來訪的時候，眼珠子們就已經知道、展開布局了？她來找我的時候，我也曾經同她提及見到爺爺的事情；雖然我用了一個爺爺出外經商的故事對她搪塞了過去，但假設我住處裡的某個角落埋了監視儀器，眼珠子們聽到了這個消息，哪有可能不行動呢？

但，就算想要採取行動，這些權力走狗應該也不知道得上哪兒找爺爺才是呀？想通了一個關鍵，我的心中頓時大亮。

我，就是那個關鍵。

那通無聲電話的用意，並不在確認我是否留在住處當中，而是要勾起我的疑慮，讓我離開住所，帶領藏在暗裡的那些爪牙來找尋爺爺。是我走進這棟大樓，是我不明就裡地在大樓裡頭的監視器前頭暴露了身形。爺爺也許正在逃躲追兵，也許正打算警告我小心危險，但我已經在不自覺的時候對所有的眼珠子供出了爺爺藏身的所在，於是，埋伏等候已久的槍聲響起。

是我害死了爺爺。

我失魂落魄地蓋上了爺爺的眼瞼，不知如何是好，只能跪在爺爺的屍身旁邊，呼呼地喘著氣。冷靜下來；我心裡頭依然清醒的那個自己對著一團混沌的腦袋喊話：如果爺爺出了事，那麼你也很有可能變成下一個目標。冷靜下來，想想下一步你要怎麼做。下一步？那還用說嗎？當然是要找出凶手，替爺爺報仇，然後再接續爺爺未能完成的、對蠕行真相的探究！

那麼，來擬定執行計畫吧？可是我絕大部分的腦袋現下都已然癱軟，沒前沒後像隻無頭蒼蠅，只剩下團團亂轉的能力；甚至還有一個聲音帶著興奮地說，不如把爺爺交回家族裡頭，然後趁他葬後蠕行的時候悄悄地跟上去，如果爺爺眞的沒有知覺便罷，要是爺爺的臆想有誤、葬後蠕行的族人其實同我想的一樣仍有知覺的話，相信爺爺同我一定能夠想出什麼法子相互溝通，把家族的祕密再往深裡頭探究的吧？

什麼見鬼的想法。我搖搖頭把這些亂七八糟的念頭晃出腦袋，回到現實，開始思考怎麼處理眼前的狀況。現在怎麼辦？先把爺爺帶回住處？眼牙聯盟應該還在左近，這趟路程可能還會橫生枝節；爺爺說過他不想葬後復醒、向北蠕行，那把爺爺就地火化吧？我抬頭四下張望，看不到什麼易燃的材料，再說我身上也沒帶打火機。

空氣裡頭彷彿有什麼熟悉的東西衝進我的鼻腔，我心神一振，兩眼開始聚焦；我身邊有什麼人是眼珠子之一？殺爺爺的凶手是誰？答案就在空氣裡頭，突然間變得昭然若揭。

我重重地呼出一口氣，走一步算一步吧，不然在這兒窮耗也不是辦法。我揹起爺爺的身體，老人鬆垮垮地掛在我的肩膊背梁，很難想像在幾個鐘頭前這副軀幹還是健步如飛還能攀岩走壁。爺爺其實不重，但我知道自己肩著整個家族最沉重的祕密。

藉著外頭斜進來的燈光，我一步一步地走下樓去。

參·柒

有許多看似不相干的事情，其實是暗暗勾結在一塊兒的。例如無聲電話與空氣裡的香水味。例如眼牙聯盟和她。

我已經推斷出那通無聲電話根本不是要確定我是否在家的，而爺爺屍體附近那縷若有似無的香水味則替我的推論蓋上了事實的認證戳記——我在家裡的事她清楚得很，因爲她剛從我的住處離開。那通電話的用意是要讓我趕到這裡、糊裡糊塗地把自己暴露在監視網裡的任何一個監視器裡頭，然後以此爲信號狙擊爺爺。

她太清楚我的個性和思考模式了。只要一通無聲電話，我就會到場爲她服務。

畢竟，她和我可是青梅竹馬。我一轉學，她就跟了過來；我們在青春期都與不同的異性談了不成功的戀愛，最後才確定對方是最適合與自己廝守終生的人。我記起年輕時候聽她訴說心碎的戀愛故事時，她臉上混雜著複雜得我無法一一仔細分辨的表情，心想，或許當時她也曾經試著反抗自己的命運吧？眼珠子組織派給她的任務，是自小開始監視我，這樣子的工作應該是很無趣的吧？如果不是這樣，那麼她應該不會選擇像我這樣子的人吧？

但是，爲什麼我會特別被權力系統監視呢？是因爲我自小的表現就與家族成員不大一樣，所以令他們有點擔心？或者，我們家族裡頭全部成員所受到的特務關照，其實比爺爺所想像的要更縝密許多？

所以事情其實是這樣兒的。

如果我的房間眞的裝置了監視設備，那麼眼珠子們早就在整裝待發了；如果我的房間裡沒有監視器材，那麼就是她告的密了。身爲眼珠子的一員，她一定早就知道爺爺的過去，所以她一聽到我提起爺爺，馬上就同自己的監視網回報。也許是在她匆匆離開之後報告的——那時她接起的電話眞的是老闆來電？或者電話根本沒有響過，那只是一齣她爲了離開我的套房、前往眼珠子祕密會所的裝模作樣？也許更早之前，她就已經完成了報備，那通電話是通知她去商議，如何讓我供出爺爺的藏身地點？我同她不經意提及爺爺的事後，那場莫名其妙的暈眩，是不是她趁我暈頭轉向之際用某種方法把我敲昏，好利用我昏迷不醒的時間去向自己的工作單位備案？

我不由自主地想起：轉學後的隔天在新班級見到她時的表情，是不是有些被命運或者某種主事層級下令轉學的不甘心呢？青春期互訴心事的時刻裡頭，她到底把我當成是份可厭的工作，還是一個眞正可以傾吐的朋友？如果一切照常發展下去，我們眞的會成爲名正言順的夫妻嗎？這種於我而言處於銅板的一面、她則處於另外一面的關係，能夠維持多久呢？

飄在空氣裡的，是我在情人節送給她的香水氣味。為了挑選香水，搞得我那天鼻子紅腫，噴嚏連連。

而這個氣味，就那麼輕輕地、淡淡地、溫柔但堅定地覆在爺爺的屍身上方。

○

這麼說來，我應該誤會了爆胎時候遇見的那兩個警員。我的車胎不是他們射爆的，上前盤查也只是他們巡邏時發現狀況的例行動作；如果他們真的隸屬於特務機構，那麼就不該阻止我前往這棟大樓的動作才是。

我背著爺爺往樓下走，卻發現整個大廳都是方才見過的那種紅藍循環的閃光。我瞇起眼睛，發現這種閃光已經包圍了大門出口。

我站在危樓的入口大廳當中，背上的爺爺似乎漸漸趨於僵直。外頭圍了一層沐浴著紅光藍光的員警，每個都拔槍在手將警車當掩體如臨大敵。我一時間覺得自己一定是莫名其妙闖進人家的拍片現場裡了，只是不知道這場戲裡頭飾演歹角的人在哪裡？

有個警官拿了把擴音器對著我這頭大喊：「裡頭的匪徒放下槍，高舉雙手出來投降！」槍？我還眞希望自己有把槍，一把能讓我指著她的腦袋，好好地把這輩子的眞僞訊問清楚的槍；但我沒有槍。我知道誰有。殺死爺爺的那人有槍。我知道她有槍。她不但是依附權力中心的眼珠子，也是同牙一起執行暗殺任務的行動派。香水味，我送的香水氣味，解釋了這一切。

現在該進該退？我呆立在大廳中央，一時沒了主意。忽然，有個影子在我眼角餘光裡頭動了動，我警覺地轉頭一瞧，不由得瞪圓了眼睛。

母親站在大廳的暗處，眼裡全是憂慮。

「您怎麼會在這兒？」我輕輕地把爺爺放下，帶著遲疑地開口。

「接到她的電話，聽說你不大對勁兒；」母親嘆了口氣：「所以媽就趕來啦。」

「接到她的電話？」我狐疑地道：「她是什麼時候打電話給您的？」

「就在幾個小時之前呀；」母親的回答聽來理所當然：「她說晚上她一到你的住處，就發現你一整天沒好好休息到處亂跑，還胡亂說什麼去世的爺爺來找你，然後就昏了過去。那時她覺得很擔心，於是就打電話通知我啦。」

所以她是在我糊裡糊塗地昏去的三、四個小時裡打電話通知母親的？如果照這時程算起來，母親的確有充足的時間可以趕到這城裡來。但我那時真的昏倒了嗎？還是被她用不知名的方法擊昏的？想到她可能的真正身分，我剎那間怒從中來，指著爺爺的屍身道：

「是她要您來的？她把爺爺殺了，您知不知道？她甚至在找上爺爺之前打了通無聲電話到家裡頭，好讓我出門替她引路，讓她狙殺爺爺！您有沒有聞到這個香水味？」我的手指在空中四處繞畫著，彷彿我能指出散在四周的氣味分子有哪幾個來自那瓶香水，「這是我送她的香水！我認得出來！」

「傻孩子；」母親的聲音裡包裹著極大的耐性：「你爺爺二十年前就過世啦，這事你不記得了嗎？無聲電話可能只是電信局接錯線而已，不要這麼神經兮兮。」

我急了：「可是，爺爺說……」母親好整以暇地打斷我的話頭：「你說他是你爺爺，有什麼證據沒有？」

證據？我一愣，旋即想起爺爺在爬上我那七樓頂的時候，曾經開口叫喚過我的乳名，嗯，這絕對是個好證據！

「你爸爸剛過世；」我還沒開口，母親就已經接著道：「媽知道你心裡頭不安穩，難免會胡思亂想，甚至看到神蹟、聽見鬼話。媽不知道這個老遊民是怎麼找上你怎麼唬弄你的，也不知道他爲什麼要找你；但，相信媽，他不是你爺爺。」

「我的確有憑有據，而且；」我搖著頭：「您不明白，爺爺同我說了好些事情，不但與咱們舌頭家族的葬後蠕行舉動有關，也與家族和當權者之間的關係有關；您知道嗎？咱們家族一直被權力系統派出來的眼珠子監視著，而我認爲，她就是監視我的那顆眼珠。我知道二十年前那個夜晚爺爺並沒有去世，他還曾經來扣我的窗子同我道別；爺爺去世的說法，那是爹和族裡的長輩要您這麼對我說的。」

母親也搖著頭：「兒子啊，如果媽沒記錯，那天晚上你發著高燒人事不省，哪會記得什麼爺爺扣過你的窗子？而且，唉；」母親嘆了口氣，用手在虛空裡頭比畫了個大餅：

「你知道現在到處都裝著監視器嗎？權力系統眞要監視什麼，還用得著派個人天天在你身邊盯梢？」

我點著頭：「您說得沒錯，當權的那些傢伙也利用所有的監視器在各處織成了天羅地網，所以爺爺才會躲在這棟危樓沒監視器的樓層裡頭。」

母親嘆了口氣，「這些東西，到底是你自己的幻想，還是那個老遊民告訴你的？」

「隨隨便便一個老遊民怎麼可能知道舌行家族的祕密呢？」我的語調有點氣急敗壞。

「家族的祕密？」母親皺起眉，「你在說些什麼？」

「葬後蠕行呀！您說的這位老遊民知道葬後蠕行呢！他一定是爺爺！」我用力地前後點頭：「告訴您，葬後蠕行絕對不若我們想像的那麼美好，爺爺還說，在《風物異目》那本書裡頭，甚至提過咱們蠕行的先人被當成叫『糯蛇』的珍奇藥材來食用進補。」

「孩子，」母親搖著頭把我說的話一字字地打散：「《風物異目》媽也讀過，這書根本是些民智未開時代的胡言囈語，沒有任何事實根據；再說，這本書裡頭根本沒有提過什麼叫『糯蛇』的玩意兒。」

「那是因爲我們讀的版本已經被刪改過了呀！」我急急地解釋：「我們是舌行家族啊！掌控、決定文字留存在歷史當中的最終長相爲何，本來就我們一直都在做的事呀；您還不明白嗎？」

「孩子，媽明白的是，」母親緩緩地對我說：「現在外頭圍著那一圈圈的警員，全是衝著你來的。」

「等等，」我混亂的腦子裡突然閃過一記燦亮的閃電，「爲什麼警員會在這麼短的時間內就聚集過來呢？爺爺被殺，不過是幾分鐘前的事而已啊。」

「媽剛到的時候，就同負責指揮的隊長問過了，」母親理所當然地解釋，「他說這一帶燈紅酒綠，晚上出入的分子複雜，警察巡邏的頻率本來就很密集，加上他們接到報案電話，說聽到有槍響，自然馬上派了大隊人馬圍了過來。」頓了一會兒，母親續道，「媽不知道這個意外猝死的老遊民和那聲槍響有什麼關係，但你要是帶著這具屍體這麼朝外走的話，一定會被當成歹徒抓起來的。」

「猝死？」我氣憤地指著貫穿爺爺太陽穴的彈孔：「爺爺才不是什麼意外猝死的！我說過了，我在爺爺陳屍的現場聞到了她的香水味，爺爺是她殺的！」

「聞到她的香水味？」母親抿起嘴角，捺著性子繼續說：「你的鼻子這麼靈、能夠肯定自己沒有聞錯？爲什麼媽聞不到什麼香水味呢？而且，就算那個地方眞有點兒香水味，你又怎麼能斷定她一定在那裡出現過？用同一種牌子香水的人多的是呀。你別再鬧了，同媽出去，媽有法子搞定外頭那些警員，你不會同這老遊民的事兒扯在一起的。」

我退到爺爺的屍體旁邊，腦子裡的一團紊亂中突然蹦出了根線頭兒：母親是怎麼知道能在這裡找到我的？接著我想到：母親說自己有方法擺平外頭那堆警員，是我們家族對這個城市的警局有某種影響力，或者母親還有什麼我所不知道的背景靠山？要是母親有方法擺平外頭那堆警員，那是否意味著母親也有能力使喚這些穿制服的傢伙層層包圍對我施壓？

難道，母親就是現下埋伏在舌行家族當中的眼珠子？

○

母親看我的臉色陰晴不定，繼續又道：「你提起她，媽就不得不說說你，都已經老大不小啦，該挑個時辰把人家娶進門，也讓她明白咱們家族的規矩，或許還能讓她來接手家裡的事業。」

與外姓人士通婚，根本是不可能的事，爲什麼母親現在卻說得一派輕鬆？我想起她和母親同樣輕巧無聲的動作及來自同一個城鎮的事實，突然驚駭地猜測：難道母親不但是眼珠子之一，同她還有更深一層的關係？

當初自個兒離開故鄉到這城裡來找工作，父母親知道了之後，卻沒採取什麼強硬的行動要我回去——就父親的脾氣，實在不應該會這麼簡單地饒過我才對，也就是說，母親一定在父親旁邊替我說了不少話。難道母親從來沒有擔心過，放任我和她廝混在一塊兒，最後不免得要面對異姓通婚的這個麻煩？但如果母親本來就知道她的身分，自己又是眼珠子派出來的臥底，那麼母親的態度就不難解釋了，畢竟無論如何，我都還在權力系統的監視掌握當中。

難道我一直以來的叛逆，只是可笑的自以爲是而已？

但，用另一個角度思考，這些會不會只是我太過多慮了呢？

也許這一切並沒有那麼眞僞難辨，社會正如我一向習慣的那個模樣，她根本不是什麼眼線什麼殺手，甚至葬後蠕行這事兒眞的是一種永生的光榮，而不像爺爺所謂的或我所聯想的是種折磨。我的記憶與其他人的證言裡頭，到底有哪些是眞的、哪些是假的；哪些是發生過的眞相、哪些只是我誤認爲是事實的假想？

腳踵碰到爺爺枯瘦的屍體，我的腦子裡猛地炸出一個決定：無論如何，爺爺的確是被殺死了。雖然母親不願意承認，但同老先生說話相處時那種親族之間才會有的感覺，讓我認爲老人的確是我的爺爺。我緩緩地屈身抱起爺爺，心裡頭默默地說：「爺爺，我得要對不起您了；但我一定會替您找出凶手的。」

「孩子，你想做什麼？」母親見我抱起爺爺，帶著緊張的語氣狐疑地問。

我沒回話，突然一蹬腳，向大門直直衝去。門外本來已呈半鬆懈狀態的員警大隊，帶點茫然地看著我踢開大門，忽然像想起什麼似的，一個個彈回了備戰姿勢。

衝出大門，伴隨著母親在身後發出的一聲喊，我將爺爺的遺體用力地向層層員警拋去。爺爺在紅藍閃光的烘托之下於半空劃出了一道優美的弧線，在某個瞬間，所有人的視線都爲之吸引，彷彿是場美得讓人不能不看的特技表演。

成功了！利用爺爺的屍體轉移大家的注意力，然後乘隙脫逃；接下來該怎麼辦，就先等我離開這夥人再做打算！就母親方才同我交談的語氣推測，母親畢竟還是關心我的，我相信員警的麻煩，母親一定會替我擺平。

我沒能理會爺爺最後會落到誰的手上，而是馬上覷了個空，縱身一跳，打算趁隙開溜。

母親的尖叫與一聲小小的炸裂音效一起響起，與此同時，我的左背一痛，接著感覺有股燒灼的快意穿過左肩胛骨下緣穿過用力搏動的心臟穿過前胸的排肋和單薄的胸肌。

一個金屬玩意兒從我的左胸帶著幾片血花以慢動作向前衝出。

我目瞪口呆地看著它，然後發現柏油路面正向自己迎面撞來。

有那麼一下子，我認爲我眞的聞到子彈上頭帶著那點我熟悉的香水味。

參．捌

「爺爺會在這裡留到什麼時候？」我氣喘吁吁地邊追邊問。

同爺爺談了大半天的話，直到日頭偏西；我想起她會到住處找我，我該回去一趟，免得她大驚小怪以爲我出了什麼事兒。

這念頭剛起，我又覺得捨不下爺爺；爺爺好不容易回來一趟，這次說了再見可能就眞是永遠的訣別，再者，明白了家族蠕行的眞相之後，我該要何去何從？這件事該不該在家族裡公開來個舌頭大革命？是不是只要族裡長老別念那些個見鬼的經文，我們就能免去葬後蠕行的命運？或者，只要這經文一起，無論如何我們的屍身都得彈出墓穴向北蠕動爬行？還有好多好多的事我想請教爺爺的意見；爺爺大約也覺得有點依依難捨，於是答應陪著我回去一趟；再說，我沒帶鑰匙，沒有爺爺的幫忙，我還回不了自個兒的小套房呢。

「我會替你四下查查，找找你身邊有沒有什麼眼珠子兜繞，沒什麼意外的話，應該明兒個就會走了；」爺爺的腳步稍緩，我差點撞上他的背。我定定神，問：「爺爺，您覺得我應該回到家族裡頭把您告訴我的這些事情說出來嗎？」

爺爺攢起眉心皺起鬍子：「小鬼，爺爺同你說過啦，這方法我當年已經試過了，不過大部分的舌頭們根本聽不進去，這麼做只是用舌頭磨剃刀——自個兒吃虧。」

我搔搔腦門，搖了搖頭：「話是這麼說沒錯，但世局在變，家裡的風氣也有或多或少的改變；當年的長老們都已經過世了，現在的執事長輩說不定沒那麼食古不化呀。再說，就算別大張旗鼓地嚷嚷，我也可以告訴我姪子呀！像他那樣深得氏族信賴、卻又對舌行傳承不那麼照單全收的成員，將來應該能有些革命性的作爲才對。」

「是囉；」爺爺頷首：「事實上，我也不知怎麼辦是最好的解決方式，於是我有個自私的想法，反正我的年紀也大了，眞要革命，這身老骨頭也沒法子使上什麼力。所以啦，這事兒就交給你去操心。」

「啊？」我張大了嘴，聽爺爺繼續說：「不過爺爺認爲，你的想法還是天眞了點兒；這款情事，聽在咱們爺孫倆這種原來就對家族企業興致不高、天生反骨的角色耳裡，自然是入情入理之至；但要是像你老子那種喜歡把什麼家族榮柄之類玩意咬得死緊的蠢傢伙耳裡，只會覺得是胡說八道。不幸的是，會在家族裡頭主持大計的，大多屬於這派人物，所以這話要在家族裡頭公開說明，恐怕接踵而來的問題沒你想的那樣簡單。」

「那偷偷流傳呢？」我一面提出意見，一面很不切實際地想起中學時代男同學私下流通色情小書的情形；爺爺搖著頭：「偷偷流傳，很可能把家族分成兩派，一派贊成、一派反對，然後呢？暗裡來的權力爭奪或明著挑的顛覆鬥爭就會開始。你眞要這麼幹，爺爺沒什麼立場反對；不過剛我也說啦，這事兒我這老人家不想插手，我獨善其身置之事外，你自個兒看著辦吧。」

這回答同沒講差不多嘛；我抓耳撓腮一副著急模樣，看在爺爺眼裡，他長長地嘆了口氣，道：「小鬼，老實告訴你說，這事情爺爺沒法子替你拿主意。說眞的，爺爺的心裡頭矛盾得很，立場一點都不堅定。讓家族成員繼續蒙在鼓裡，我不樂見；讓大家夥兒四分五裂，我也不開心。雖說革命之後可能會有另一番新鮮氣象，但天知道這一亂下來，在我有生之年還能不能等到新局誕生。所以啦；」爺爺拍拍我的肩膊：「小鬼別怪爺爺不負責任；爺爺的戲詞兒到此已經告一段落啦，這戲你接下去打算怎麼唱，爺爺都沒意見。要說人生下來一定得做點什麼，那我認爲我已經做完了該做的部分；其他的，該是輪到你們這輩兒上場啦。」

爺爺說完之後，轉過頭去再度邁步疾行；我低著頭勉力跟著，心裡頭百味雜陳，對於下一步該如何行走完全沒個頭緒。行走了好一陣子，回到我的住處樓下，爺爺剛作勢想揹著我攀上七樓頂兒，突然又直起身子，回過頭意味深長地看了我許久，開口問道：「女朋友是個怎樣的女孩子？支不支持你？」

支不支持我？如果從小到大，她爲我付出的一切還算不上支持我的話，這世界上還有誰夠資格套上「支持我」這三字兒呢？我點點頭，爺爺抓著我的肩膊，一字一頓地說：

「那麼，好好珍惜她。有個能陪你一輩子的伴兒，非常難得。」

我茫然地點著頭，從爺爺的眼裡讀出了難以言喻的寂寞。

○

她當然是支持我的——但陪在我身邊的原因，究竟是因爲工作、還是她眞的對我產生了感情？

我在黑暗當中憒憒地想著，從小到大的記憶庫像轉速馬達有問題的播映機器一樣，在腦子裡快速地播放著我一生的片片段段，每遇到同她有關的情節，就會自動緩下速度，用慢動作讓我重溫一次她的優雅，用停格來聚焦她的美麗，或者用一再重播的方式強調她的慧黠。

快轉。停格。倒帶。重播。當我明白她其實是顆眼珠子之後，所有關於她的回憶片段，都出現了不同的意義。

我記起小學時代在轉學後同她的初遇。那時我記得自己依稀在先前的學校裡瞥見過她的身影，但一直不敢確定，那麼，她對我的監視，是從原來的小學就開始了呢？或者是在我轉學之後才指派給她的任務？眼珠子們是一開始就採取了一對一的監視方式，還是因人而異？每個受到監視的舌行族人，都有一個從小就跟在身旁的至交好友其實是眼珠成員，或者只有她和我的關係是種特殊的監視方式？

青春期時她和我各自嘗試與不同的異性交往，我在下意識裡想要背叛族內不准與外人婚配的規定，而她是否也在反抗身爲眼珠一員所賦予的監視任務？最後她選擇同我相守，是因爲眞的有了感情，抑或只是消極地接受了命令？

大學畢業之後，我獨自一人溜到這個城來找工作，她也找到我的住處來等我。當時我在暗黃燈光下瞧見的那雙紅腫眼眸，是因爲我的悖離哭泣過？還是因爲沒把我看緊而遭到了組織裡的責備？這種相遇美麗得如此理所當然，我在彼時除了激動地將她擁入懷抱之外，居然從來沒有質疑過：她是怎麼知道我那個剛租下來的落腳處的？

當然，這話就算問了，大約也沒什麼用——她肯定已經想好了一套天衣無縫的解釋來應付我的問題，只是不知道她有沒有料到，我居然糊塗得從沒想過這個合理的懷疑？

每回來電，她總會堅持到我接了電話才肯罷休，這件事情的原因現下也已然撥雲見日：因爲無論我是窩在家裡還是待在公司，她對我的行蹤都瞭若指掌。

這麼說來，我的住處裡頭，的的確確藏了一些爺爺沒能找出來的監視設備；但會是在哪兒呢？是否就在屬於她的、我不好意思讓爺爺翻撿的衣物當中？

想起爺爺，我又難過了起來。分離了二十年，只相聚了短短的一天，還有許多事我沒能好好地同爺爺討論，還有許多問題我需要爺爺來指點迷津。老天，我突然想起，我連爺爺是怎麼在短短幾小時內從老家墓地來到這個城市的方法都忘了問。爺爺說自己沒有什麼一縱數十里的輕功，那麼他是如何在南北之間倏忽來去的？

爺爺果然在眼珠子老爺算計的這一年離開人世，只不過原因不是什麼猝發的疾病或者疏忽的意外，而是他決定把自己的追尋交棒到我這個不成材的孫兒手上，然後被他要我好好珍惜的那人結果了性命。

所以說穿了，我的人生只是被家族和權力系統這兩條線操控的木偶戲而已。

連接這兩條線的繩結就是她。

但我其實不應該憎恨她的。

無論是眞心誠意還是職責所需，我的生命裡所有的美好回憶都同她牽扯在一起；如果不是因爲那股香水味道揭露了她的身分，我根本不會把她和爺爺的死聯想在一塊。

倘若有人騙了我一輩子，那麼對我而言，那些騙局，就都是不折不扣的事實。

能夠這麼自欺欺人眞好。就像舌行家族把弄過的歷史資料，假若從不懷疑它們的眞僞，那麼對自己的存在就不需要有任何的疑惑與思索，一切的一切都可以化約爲我成天編輯的八卦新聞，聳動刺激與浪漫爽快覆在上頭，底下有沒有眞相？那一點兒都不重要。

因爲眞相是不存在的。

不，不僅如此。翻開表皮、看看裡子，有些簡單的眞相當然存在，但它們並不容易被接受。

因爲眞相是殘忍現實的：就像擅長寫情書的男孩也許長相同「俊美」二字完全無緣；因爲眞相是不好接受的：就像國文成績還不賴的同學也許偏好讀一些根本不文藝的八流小

說：因爲眞相是難以查明的：就像數千年來家族葬後蠕行的因由已然無從稽考；因爲眞相是荒腔走板的：就像爲了表現情人節的價値而頂著發紅發腫鼻腔去買一瓶酒精成分占了百分之九十五以上的昂貴香水。

我想到那瓶情人節的香水，突然覺得噁心。見鬼的情人節，我眞虛僞。不對；我想起那顆穿過我胸膛的子彈。我想起那上頭沾染的淡淡香水味道。會有這種聯想，噁心絕對是正常的。

噁心是正常的。射穿我心臟的子彈上帶著香水味。噁心。

咦？

○

我猛地睜開眼睛。

看見夜空，我突然有種安慰的感覺。左胸感受不到任何疼痛，通體安詳。

我只是作了場惡夢？不打緊，惡夢總是會醒的。

我想抬起手來摸摸額頭擦擦汗，卻發現手不聽我的使喚。接著，我發覺除了還能眨眼和稍微轉轉眼珠子之外，我的頸項四肢舌頭嘴唇全都動彈不得。我困難地轉動著眼睛，想確定自己現下在哪裡；一層雪白的布料圍在我的四周，白布之外似乎還圍了圈人影兒，眨眨眼睛，泥土的氣味飄進我的鼻腔。我突然明白了。

我躺在一具棺木裡頭。

族裡長輩的高音在外頭某處響起；聲音朗誦的內容我聽不懂，但卻熟悉得很——那是舌頭家族葬禮上念誦的蠕行經文。

接著，與自我意識無關，我的脖子自個兒緩緩地轉動了起來。

前一晚見到的每張親族臉孔，都圍在棺木外頭，我的頸子按著一定的節奏喀喀地轉動巡視，沒有在任何一張臉上多停一會兒，也沒能鎖住任何一對目光。

她不在場，當然。她不是混進舌行家族裡的眼珠子，母親才是。我認為推進我心臟的那顆子彈是從她的槍管裡擊出來的，現下已經無法查明；但無論是或不是，她對我的監視任務終於已經解除——想到這點，我不知怎的有點兒替她感覺安慰。

母親的面容哀戚，但眼裡透著某種無情的惋惜；我的眼光掃過，瞥見她的肩膀震了一下。不知母親是否會同我與父親對望時一樣，感覺到我與她四目相視的時間似乎特別久？

姪子也在，表情複雜難解。我忽然想起多年前他同我提起的玩笑話，說要在我開始葬後蠕行後跟在我後頭，想法子解開蠕行之謎。好傢伙，我拚命想要擠眉弄眼地提醒他要記得這回事兒，卻沒有任何一根肌肉願意聽我的指揮。

環顧完畢，我的腦袋端端正正地轉回起點。

還在希望姪子能夠心領神會地跟蹤我呢，誦經長老的念誦聲調突然變了頻率。腰部瞬間繃緊，我覺得自己像個被壓在驚奇箱裡準備彈出箱蓋嚇人的小丑。

一個尖厲的高音從誦經長老的嘴裡衝向天際。
我突然驚恐了起來。

（全文完）

後記：《舌行家族》，之前，和之後

說得寫後記，但寫後記常不知要記些什麼。

有些感謝是就算不寫後記也得記下來的，不過既然得寫後記，就理所當然地把它們記在這兒；包括：感謝九歌出版社舉辦的這個活動，感謝花費時間閱讀、審視、修潤、校對這篇作品並提出修改建議的總編輯與責任編輯，以及感謝設計封面的美編、確認流程的印務、負責向通路提案報樣的行銷企畫，以及把這書從出版社倉庫送到通路倉庫、或者從通路倉庫送到您手上的許多業界工作人員。

（還有一個人得謝，但咱們留到最後再說。）

說過了感謝，似乎就該說點關於這個故事的什麼了。

但，關於這個故事的什麼，已經沒啥好說的了——《舌行家族》加加減減寫了十一萬字，真有什麼想說的，寫在裡頭就好了，何必要在寫後記的時候繼續嘮叨？

不過，身為作者的好處，就是除了知道故事的什麼之外，還能夠知道故事尚未被寫下來之前的什麼。唔，咱們就來聊聊這個好了。

關於說故事，我常是這麼開始的：看了一些什麼、聽了一些什麼、讀了一些什麼或者想了一些什麼之後，覺得心裡頭有些什麼得說，不說出來，就憋得難受。

但時候還沒到。就像榫頭沒卡進接口，故事就沒個架子；就像龍頭閘口沒旋轉升開，故事就流不出來。時候還沒到，故事還沒準備好。

或者說故事早就等著了，是我還沒做好把故事從虛無之境引入塵世的預備動作。

這時需要的東西不是靈感。而是觸媒。

許多年前的大學時期，在某個場合裡，有人提出一個問題：新聞和歷史，有什麼不同？

我念的是工學院，對於解答這種問題的技巧一竅不通，當下只有一個直覺式的答案：我不知道它們有什麼不同，只覺得它們一個可能是現在式的虛構，另一個可能是過去式的虛構。人手摸過的，怎麼乾淨得起來？人腦袋想過的，如何完全客觀超然？

（這其實不是什麼天縱英明的創意——一九四八年，喬治．歐威爾就已在《一九八四》這本反烏托邦的作品裡頭，創造了一個叫「真相部」的機構，專職修改過往的資料，讓首長的舊發言成為現今的真新聞，將胡扯的官腔變成正確的預言。）

當年這個直覺式的答案我憋著沒講，但就這麼存在腦袋裡頭；過了幾年，閱歷漸長，開始對公文簽呈大皺其眉、對新聞報導大搖其頭之後，我老想著該寫一個關於某種特殊能力者的故事——這些人能夠自在地操控文字，理所當然地擺弄這些成天在咱們面前流來竄去的訊息。

到了二〇〇二年的某日，觸媒來了。

那天我在某家咖啡館裡頭，把耳機接上Notebook聽自個兒轉存在硬碟裡的mp3。Nu-Metal樂團Linkin Park在我耳道裡頭聲嘶力竭地狂吼一首叫〈Crawling〉的曲子，前幾句歌詞是這樣的：

Crawling In My Skin
Consuming All I Feel
Fear Is How I Fall
Confusing What Is Real

這幾句歌詞描述的情景，聽起來挺像藥癮發作時的禁斷症狀；我先是想像一顆顆冷汗鑽出皮膚表層涔涔而下，覺得汗水劃過的模樣彷彿某種蠕蟲，然後突然覺得：要是讓已經過世的人從墓穴裡頭跳出來蛆行，畫面八成很恐怖。

我打開文書處理軟體，開始啪啪啪地打字；雨中墳場的景象很是鮮明，我看得見那些圍觀竊語的親族，也感受得到那種既無聊又期待的紊亂心情。

但光是這個東西不成啊；我有一部分歡快地敲著鍵盤描述那場葬禮，另一部分則在一旁理性的焦急。不打緊；打字的那個在斷行分段時插嘴：這場景有趣，先記下再說。不；焦急的那個皺著眉頭：瞧你寫得這麼爽，我想到的一定不止這麼一點玩意兒。

然後我突然明白了。我注意到的，除了Crawling In My Skin所帶出來的蠕動感觸之外，最重要的，是後頭那句Confusing What Is Real。

對啦。這個開場蠕行前進，後頭拉出來的，就是我那個積壓了許久，但仍舊憋著難受的故事，一個疑惑於「真實」為何的故事。

時候到了。卡榫接上，閘口打開。故事來了。

《舌行家族》的原始版本在幾週內寫完，我依著自己寫短篇小說時的壞習慣，把人家的歌名挪來當成小說篇名，所以這篇三萬字左右的雛型就叫《蠕行》，那是在二〇〇二年的中期。

二〇〇三、二〇〇四、二〇〇五年都幸運地安排了別的出版計畫，寫了大量的極短篇，《蠕行》在這幾年中被改過幾回，統整過原來凌亂跳躍的敘事線，把名字改成半直接半搞怪的《舌行家族》；偶爾我會向出版社提起這篇故事，不過似乎沒人對它有興趣。

某回因緣際會，得知了九歌出版社的活動，於是我把故事主幹連同原來沒能好好寫進去的部分列成大綱，先寫了最前面的三萬多字，然後寄給出版社。

過了一陣子，九歌的總編輯把我找去聊了一回。

然後《舌行家族》變成現在您看到的這副模樣。

許多懷疑、許多諷喻、許多奇想與許多嘻笑怒罵，一起組合成《舌行家族》——這支操弄文字、隱在歷史背後蠕行的氏族，終於印成紙本，著落到現實當中。

但我不免有點擔心，畢竟，出版與創作不同：關於創作，只要我寫完了，開心了，就結束了；但當創作被編印成冊成了出版品，那至少要等到讀者也讀完了，才算告一段落。

所以，當您已經讀到這兒，請讓我在最後感謝您，在浩瀚書海裡撈起《舌行家族》，閱讀它，讓組成它的森林不至於虛枉地犧牲，讓我的擔心，變成說書人在發神經。

後記的字數限制快到了，我也講得差不多了。如果您對《舌行家族》有任何批評指教，請到【臥斧・狼窩（www.monkey.com.tw/wolf)】找我。

只要伺服器沒當掉，我都等您光臨。

臥斧

二〇〇六年九月
於台北

新版後記：

在「後真相」時代裡思索叩問真相

——寫在《舌行家族》重新出版之後

《舌行家族》是個與歷史有關的故事。準確點兒講，它是個對歷史真偽提出質疑的故事。

質疑歷史真偽的故事不少，在故事裡操控歷史的，可能是某個國家的權力中心，可以用來講極權政體的問題，或者是某種跨國跨世代的神祕集團，可以用來講潛藏在歷史暗影下的陰謀論想像。

但我想講的故事不大一樣。

《舌行家族》裡有個家族可以操控歷史，他們不是國家的權力中心，並未掌握真正的政治實權，他們可以算是跨世代的神祕集團，但也沒有計劃什麼了不起的陰謀——說穿了，他們雖然有能力介入歷史，但操弄的力量並沒有他們自以為的那麼巨大，甚至連自家歷史都不算清晰明白，整個是團自欺欺人的虛無。

選擇這個角度講故事的原因，初始只是覺得這個角度有趣。極權政體對資訊的管制與竄改一直都在，並且透過科技與時俱進；但科技同時也促進了資訊的流通與保存，將時間拉長來看，我傾向樂觀地相信高壓統治的政權無法長久延續。陰謀論大抵只能存在故事當中，現實裡頭不見得沒有團體企圖這麼做、也不見得不會獲得一定的效果，只是跨國跨世代的計劃會遭遇太多變數，完全執行計劃的成功機率趨近於零。

不過，仔細想想，選擇這個角度的原因，還在於我對歷史的不信任。

當然，故事的原初發想就和這事有關——歷史是過往事件的紀錄，理論上應該要是客觀資料，但當初記錄的人可能並不客觀、保存的人可能並不客觀、天災人禍等等意外可能會毀壞紀錄，紀錄也可能被後代人士因種種原因修改，由此視之，歷史本就有其不可盡信之處。理想的狀況，應是在不受限情況下多方參照不同紀錄，才能盡力重現真相。

但我所謂的「不信任」不止如此，還來自如吾之輩在黨國教育體系中所接受的大中國史觀及台灣歷史。

舉例來說，所謂「中國」的大地上古代有那麼多不同國家，為什麼現在會被匯整成同一「國」呢？元朝、清朝都被視為「外族入侵」，既然國家權力中心已經易主，為什麼仍然算是同一國的歷史呢？「中國」是幾時變成「中國」的呢？當時的領土或民族組成是什麼狀況、又是誰認定的呢？

《舌行家族》的雛形創作時間在二〇〇二年，發想時間則更早一些；彼時我接觸的不同歷史資料尚少，但上述種種問題其實不需要太石破天驚的新資料出土，只要仔細想想過去的歷史教育內容就會發現許多漏洞。

教育內容的漏洞出自於權力中心的必要考量，換言之，與政治有關。我先前的創作幾乎都有意無意地避談政治，只是沒注意到：歷史記述，本身就涉及政治。

「政治」不只限於政府機構運作，也不只是民意代表與行政官員的工作。由人類組成的社會當中，各種與個人相關的公眾議題，都是政治的一部分，包括理應客觀處理的歷史，因此也包括個人記憶。

「記憶」一直是我極感興趣的主題之一，《舌行家族》的初始發想也與記憶有關——「記憶」是個人在生命進程當中定位自己的方式之一：從哪裡來、做過什麼，所以現在在這裡、要做什麼，然後未來會在哪裡、想做什麼；而「歷史」可以視為一群人更長時間區段裡的集體記憶，也是他們在集體生活歷程當中定位自己的方式之一。

是故，當歷史具有不可信任的因子，集體記憶就出現偏誤的可能。這樣的可能會影響這群人在現下的自我定位，影響他們對未來做出的共同決定；而現時的定位與決策，將會成為未來的歷史，個人記憶於是與集體記憶同時承受如此撞擊。

從「記憶」延伸到「歷史」，於是在無意識當中，《舌行家族》已經隱隱帶著「政治」。

有趣的是，《舌行家族》在二〇〇六年出版之後，關於台灣歷史、尤其是近代史的討論開始越來越多。這並不是《舌行家族》的功勞，而是科技發展、資訊流通、政治權力更迭與國際局勢變化下的結果。持續更新自己對於歷史的認知時，我不免偶爾想起：「舌行家族」的成員倘若生活在這個時代，發現自己並未能一手掌握歷史，將會如何自處？資訊流動的方式更多元之後，他們是否也會發展出對應的行動方式？

或者，如果我在明白更多歷史紀錄的情況下寫《舌行家族》，這會變成什麼樣的故事？

雖然《舌行家族》並沒有寫出特定的時空背景，但明顯是自台灣脱胎而出的故事，在加入更多歷史資料、更多現代科技之後，可以發揮的空間非常大。只是，作品出版之後，除了如錯字之類的問題之外，我傾向不做更動——就算更動會讓故事更好，我也覺得對創作者而言，一個故事出版定型之時，也凝縮了作者創作時的狀態。某個方面來說，這也算是個人的歷史紀錄，理應不另修改為宜；真有心要寫出更好更完整的故事，再另外寫一個便是。

當年創作時，我自己限制了字數，選擇了一個難以綜觀全局的敘事視角，《舌行家族》是我出版的第一部長篇小說，年月過去，寫小說的技巧較當年純熟許多，要從《舌行家族》的設定架構另外發展故事，並不是太困難的事，只是得找到合適的主題。得知《舌行家族》有重新出版的機會時，則我決定不更動原有內容，但增加這篇後記，補充一些出版後現實的變化。

十多年過去，關於大中國史觀的考據辯證更多了，關於台灣本島的史料以及曾經因為政權因素而被掩蓋的過往也陸續重現；歷史紀錄當中的事蹟與角色被一一檢視，偉人神話被還原成有好有壞可從多方面討論的事實。我在原來那篇後記裡提及的個人網站已經消失，原因不是伺服器當機，而是架設該伺服器的朋友決定停止自己管理的討論區；而我發表日常雜寫的場域，也從個人網站轉向部落格，再轉向目前的Medium平台。

《舌行家族》的前身是篇名為〈蠕行〉的中篇，這個名字來自Nu-Metal樂團Linkin Park的曲子〈Crawling〉；幾年之後，Linkin Park的曲風變了，變得我不大能夠理解，到了二〇一七年，主唱之一Chester Bennington結束了自己的生命。出版《舌行家族》之後，我在一個偶爾的機會下發現：中國古代真的曾經出現過名為「舌人」的公職，不過工作內容與《舌行家族》裡描述的修潤文告不同，而是外文翻譯。

時間繼續向前推擠，個人與科技都會生滅，留存下來的過去成為歷史，而有可能召喚歷史真相的，便是作品。

後續幾年，我沒有再寫與《舌行家族》有關的故事，但陸續出版的長篇小說，仍或多或少觸及記憶、歷史，以及最要緊的，真相。

《舌行家族》是個對歷史真偽提出質疑的故事，追根究柢，它想詢問的就是真相為何。當年創作時，我對此沒有太高的期望，但這些年的發展，昭示歷史真相並沒有我想像中的脆弱；在重重壓迫當中，它仍可能只是暫時蟄伏，等待某個時機從裂隙中掙出。

小說無法完全提供真相，但小說可以勾引讀者的好奇，驅動讀者去接近真相。對於「真相」的思索與叩問，或許是在這個「後真相」年代裡重新出版《舌行家族》最要緊的意義。

感謝您閱讀《舌行家族》。也希望它能帶領您開始探究真相。

九　歌　文　庫　1　2　9　7

舌行家族

國家圖書館出版品預行編目（CIP）資料

舌行家族 / 臥斧著 -- 增訂新版 . --
臺北市 : 九歌 , 2018.11
面 ;　公分 . -- (九歌文庫 ; 1297)
ISBN 978-986-450-218-9 (平裝)
857.7　　107017486

作　　者——臥斧
創 辦 人——蔡文甫
發 行 人——蔡澤玉
出版發行——九歌出版社有限公司
　　　　　臺北市八德路 3 段 12 巷 57 弄 40 號
　　　　　電話 / 02-25776564 傳真 / 02-25789205
　　　　　郵政劃撥 / 0112295-1

九歌文學網　www.chiuko.com.tw

印　　刷——晨捷印製股份有限公司
法律顧問——龍躍天律師 ・ 蕭雄淋律師 ・ 董安丹律師
初　　版——2006 年 12 月 10 日
增訂新版——2018 年 11 月
定　　價——300 元
書　　號——F1297
I S B N——978-986-450-218-9